MIX　猟奇犯罪捜査班・藤堂比奈子

内藤　了

角川ホラー文庫
20442

目次

【主な登場人物】

藤堂《とうどう》比奈子《ひなこ》　八王子西署刑事組織犯罪対策課の駆け出し刑事。長野出身。

厚田《あつた》巌夫《いわお》　比奈子の上司の警部補。通称〝ガンさん〟。

倉島《くらしま》圭一郎《けいいちろう》　比奈子の先輩のイケメン刑事。恋人の名は忍《しのぶ》。

片岡《かたおか》啓造《けいぞう》　比奈子の先輩のベテラン強面《こわもて》刑事。

清水《しみず》良信《りょうしん》　比奈子の先輩の超地味刑事。実家がお寺。

御子柴《みこしば》　秀《すぐる》　厚田班に配属されたばかりの新人刑事。

三木《みき》　健《つよし》　八王子西署のオタク鑑識官。

月岡《つきおか》真紀《まき》　八王子西署の新人鑑識官。

東海林恭久《しょうじやすひさ》　警視庁捜査一課の体育会系刑事。比奈子の先輩だった。

石上妙子《いしがみたえこ》　東大法医学部教授。検死官。通称〝死神女史〟。

中島《なかじま》　保《たもつ》　天才的なプロファイラー。通称〝野比《のび》先生〟。ある事件で囚《とら》われの身となる。

児玉永久《こだまとわ》　連続殺人犯の少年。心理矯正目的で中島保に預けられている。

佐藤都夜《さとうつや》　冷酷な女殺人鬼。永久に焼き殺された。

蒲生河《かまふがは》に物有り。其の形、人の如し。摂津国《つのくに》に漁夫《あま》ありて、網を掘江に沈めけり。物ありて網に入る。其《そ》の形、児《わかご》の如《ごと》し。魚にも非《あら》ず、人にも非ず、名《なつ》けむ所を知らず。

日本書紀・推古《すいこ》天皇

プロローグ

五月。朝まだきの狭山湖《さやまこ》へ、男はカメラを向けていた。長閑《のどか》な風景をファインダー越しに眺めつつ、いつ来るともしれない一瞬を待っている。都心の水源である狭山湖は、人造湖ながらも景観が素晴らしい。静まりかえった水面に山々の影が蒼《あお》く映り込み、逆さになった空に水鳥の群れがたゆたっている。

この湖には謎の巨大魚が棲《す》むという。湖を有する所沢《ところざわ》市は外来魚の駆除に躍起になっているのだが、ひとたび放たれてしまえば、種は人間ごときの手に余る。湖を総ざらいすることも難しく、巨大化した魚が今では水鳥を呑《の》むというのだ。そんな噂が頻繁にネットに上がるのを知って、彼は決定的瞬間をカメラに収めようと考えた。巨大な個体が現れるのは夕方と早朝で、特に早朝は貪欲《どんよく》に捕食するらしい。

キラキラと黎明《れいめい》の空を映す水面を見続けることにも疲れて、彼は首を回して背伸びした。芽吹いたばかりの木々の香りと、清冽《せいれつ》な朝の空気を思うさま吸い込む。

対岸に霞《かす》む初夏の森。その奥に煙る青い山。狭山湖の水はとろりと濁り、濃緑色の水面に魚が跳ねる。

悠然と集う水鳥を、彼は再びファインダー越しに覗《のぞ》き込む。望遠レンズを調整し、さざなみの形を観察する。何羽かが飛び立って、先の湖面に着水した。遠く小鳥の声がして、水鳥の群れから離れた場所に、すいーっと不自然な波が動いた。淀《よど》んだ湖面に黒い影が、音もなく浮かんで、滑ってくる。

きた！　と、彼は心に思った。細長い影だ。ブラックバスより、ずっと細い。

水の面に魚が浮くと、濃緑色の水も透明であるという当たり前のことに気付かされる。一色の水を下に敷き、影が優雅に泳いでくると、魚の下に緑色の幕があるかのようだ。体を優雅にくねらせながら、魚は音もなく滑ってくる。背びれが水を押し上げて、波がハの字の線をひく。水鳥たちは平和なままだ。

男はシャッターボタンを引き寄せた。緊張で汗ばむ額に風が吹き、鳥たちを朝日が照らし、光の下に魚影が沈む。瞬間、バシャン！　とどこかで音がして、一斉に鳥は飛び立ち、巨大な魚が水を蹴《け》る。反射的にボタンを押すと、立て続けにシャッター音が鳴った。しかし、狙った写真は撮れなかった。巨大魚が鳥を襲うより早く、音に驚いた水鳥が飛び去ってしまったからだった。舌打ちしながら連写を止めて、彼は画像を確認した。

逆光の湖面に跳ねる水飛沫《しぶき》。その中に、真っ黒な魚の頭が写されていた。だが、手前に、飛んでゆく鳥の翼や足が重なって、被写体ブレをおこしている。中途半端に跳ねた魚は迫力に欠け、何を狙ったかわからない写真だ。

こんなものは使えない。彼は「ちっ」と舌打ちをした。

魚を餌とする水鳥が、魚に喰《く》われるシーンを撮りたかったのに、残念だ。

「なんだよ、もうー」

その悪態が、今日の成果のすべてだった。

湖面の随所で今も魚が跳ねてはいるが、それらはどれも小さな個体だ。

それにしても……今見た魚は何だろう。ブラックバスと括《くく》られる魚には巨大な個体も確かにあるが、大きさはせいぜい八十センチ程度だ。しかし、たった今湖面に浮かび上がってきたヤツは、少なくとも百二十センチ、もしかすると百三十センチはありそうだった。スズキ目のブラックバスより体軀《たいく》が細かったようにも思う。ファインダー越しだったので確かなことはわからないけれど。

「くそぅ」

どう惜しんでも今日は終わりだ。そう思って彼は唇を嚙《か》んだ。

季節も、光の加減も、水鳥がいた場所も、すべてが理想的だったのに残念すぎる。畜生め、傑作ショットを台無しにしてくれた水音の正体は、なんだ。ぐるりと湖面を眺めれば、日の出と共に水の色は白さを増して、砂を撒《ま》くようなさざなみが湖面を分けて進んでくる。その波は遠く取水塔のあたりから寄せていた。

彼はカメラをスタンドから外し、取水塔に向けてピントを合わせた。

三角帽子を被《かぶ》ったようなかわいらしい形の取水塔は湖の中程に突き出しており、貯水池管理棟の護岸から細長い橋でつながっている。画角をゆっくりなぞっていくと、逆さまに沈んだ三角帽子の影のあたり、コンクリートの土台近くに白い何かが浮いていた。橋の上にも周囲にも、人影はない。

なんだ？　と、彼は心で呟《つぶや》き、白い何かにピントを合わせた。丸めた布団か、それともゴミか、いずれにしても、誰かがあれを放り込んでいったのだ。

結構な大きさがあるそれは、沈むことなくたゆたっている。彼はカメラを回収し、車に戻ってエンジンをかけた。

聞いたばかりの音の重みが蘇《よみがえ》り、まさかと思いつつも胸騒ぎがする。取水塔まで走る間に、湖の周囲をジョギングする人や、自転車に乗る人とすれ違った。間もなくもっと多くの人々が、ここへ遊びに来ることだろう。

貯水池管理事務所に車を駐めて、『何か』を見に行く。

青々と空が広がって、五月の風が吹いている。明るくなっていくにつれ、日光と緑と水の匂いが立ちのぼる。今日は暑くなりそうだ。

取水塔の下に浮くビニール袋はちょうど子供を包んだくらいの大きさで、落ちた衝撃で水が染み、斜めになって浮かんでいた。光の反射でよく見えないが、密着した部分が透けているから、近寄って目を凝らせば中身を確認できそうだ。男の心に疑念が浮かんだ。

まさか、あれは何だろう。はっきり知るのも気味悪いが、知らずに去ることもできそうにない。そんなわけはないと思いつつ、心臓が躍る。まさかそんなはずはない、そんなことが簡単に起きるわけがない。自分を嗤《わら》いながらも妄想は膨らむ。そうとも、そんなはずはない。俺はただ確かめたいんだ、それだけだ。

遠目に眺めていても埒《らち》が明かないので車に戻り、彼は再びカメラを構えた。疑念の答えを肉眼で確認するのは怖いから、望遠レンズを取り付ける。湖岸に立ってピントを合わせると、物体は半透明のビニールで覆われて、所々を細いロープで括ってあった。大きくゆったり包んでいるため、随所に空気がたまって浮いているのだ。ビニールが密着した場所に狙いを定め、リングを回してフォーカスしていく。見えてきたのは、銀鼠色に規則正しく並ぶ鱗《うろこ》のようなものだった。太陽の光を照り返し、ぬらぬらと艶《なま》めかしく光っている。

「なんだ……？」

思わず声に出しながら、舐《な》めるように確認していく。

半分水に沈んだ部分に、真っ赤に突き出た何かが見えた。背びれに似ている。男はファインダーから目を離し、肉眼で視線を凝らした。そうと思って眺めれば、ビニールに入った魚のようにも見えてきた。なーんだ。と、胸をなで下ろし、もう一度カメラを覗《のぞ》く。落ち着いて確認すると、やはり魚の鱗に思えた。銀と青と黒を混ぜたような色をして、みっしりと菱形《ひしがた》に連なっている。背びれは鮮やかな朱色をしており、太くて鋭い剣がある。もしや写真に収め損ねた巨大魚だろうか。誰かが魚を捨てに来た？　あんな水音がしたものだから、さらに人気のない朝まだきだったから、偶然死体遺棄現場に居合わせたなどと、くだらぬ妄想をしてしまったじゃないか。

カメラを持って、湖岸ギリギリまで寄ってみる。取水塔の橋は立ち入り禁止で、現物を確かめようにもそれ以上近寄ることができないからだ。

「いや、でもさ、あれをあそこに、ぶち込んだヤツがいたんだよな？」

思わず独り言をいう。最も感度のよい望遠レンズに付け替えて、撮り損ねたショットの代わりに、あれを撮影しようと思った。中身が魚であったとしても、貯水池という重要な施設に遺棄するなんて犯罪だ。撮影した画像をもって管理事務所へ伝えにいこう。一番は、純粋な好奇心からどんな魚か見てみたかったのだ。

ヒイィーヨオーと鳴きながら、天空高く鳶《とび》が飛ぶ。ギリギリ身を乗り出しながら、彼は望遠レンズのピントを絞った。大きな魚だ。ずいぶん大きい。水の浸食はさらに進んで、今では空気を孕《はら》んだ一部だけが湖面から顔を出している。そのせいで中身が水に透け、包まれたものが見え始めていた。焦点を合わせて、シャッターを切る。

大きな鱗。真っ赤な背びれ。水の中でそれは揺れ、沈みかけながら、また浮き上がる。風のせいで波が立ち、半回転ほどしたのだろうか。立て続けにシャッターを切っていると、くるりと背びれが沈んでゆき、魚の腹が銀色に光った。まだ新鮮な魚なのか、滑らかで真珠のような光沢がある。

「え」

思わず声が出た。一瞬、あり得ないものを見た気がしたのだ。水の随《まにま》に魚は回り、再び赤い背びれを上に向けて、止まった。

「……え……嘘だろ……え？」

誰にともなく言いながら、彼はカメラを裏返し、撮影データを呼び出した。

とろりと濁った水の色。透明になったビニール袋。大きな鱗と、赤いひれ。水に沈み、再び浮いて……真っ白な腹の写真が出たところで、画像を止めて拡大する。魚の腹の上部には、瘦《や》せて細長い腕があった。魚じゃない、人間の腕だ。腕は体の正面でクロスして、腕の左右にひとつずつ未成熟な乳房が覗いている。

さらに画面を拡大した。間違いなく、少女の腕と、少女の胸だ。画像をスクロールしてみたが、乳房から上は定かでなかった。首のあたりがロープで縛られ、虚《うつ》ろな水に沈んでいるのだ。

「え……え……ちょっと待て……」

誰にも急《せ》かされていないのに、彼はうろたえて地面にしゃがんだ。画像を再びスクロールすると、腕から下は魚の腹で、腹びれまでついている。カメラと湖を交互に見ると、物体はもはや大半が水に沈んで、湖面すれすれを浮遊している。再び画像を拡大し、たしかにそれが少女の乳房だと確認すると、しゃにむに彼は立ち上がり、管理事務所へ駆け出していた。

午前八時三十分。サイレンを鳴らしたパトカーが山口《やまぐち》貯水池管理事務所に到着した。立ち入り禁止を解かれた取水塔の橋で、二人の職員が長い引き寄せ棒を湖面に突っ込んで耐えている。男から連絡を受けた職員が物体を引き上げようとしたのだが、水を吸ったビニールは異常な重さで、引き寄せ棒二本でどうなるものでもなかったのだ。せめてこれ以上沈まないように支えたまではよかったが、警察が到着するには思いのほか時間がかかり、彼らはただ重さに耐えて踏ん張っていた。通報した男もその場にいたが、職員を手伝うこともなく、水にたゆたう半人半魚を自在にカメラに収めていた。

間もなく取水塔周辺に規制線が張られ、県警機動隊から潜水士が派遣されて、職員らは解放され、水中にあったそれはボートに引き上げられた。

その頃には、相応の野次馬が集まっていた。ビニール内部に水が入って、かなりの重量になっていたそれは、水が抜けると隊員一人で容易に運べるほど軽かった。鑑識が堰堤《えんてい》に敷いたブルーシートに置かれると、野次馬の視線を避けるためにコの字形の壁がシートで作られ、すでにカメラを車に隠した第一発見者と、管理棟の職員と、警察官が中に残った。

水が抜けたビニールは、再び白く太陽の光を反射していた。縛られた場所だけ内部が透けて、白い腹、胸と腕、そして真っ白な少女の顔と灰色の髪が、磨《す》りガラスのようにぼんやり透ける。

「なんですか、これは」

誰かが誰かに訊《たず》ねたが、答えられる者はいなかった。むしろそこにいる全員が、答えを知りたいと思っていた。

様々な角度から鑑識が写真を撮り終えてから、ようやく検視が始まった。ロープとビニールがカッターで切られ、広げられて、内部が覗く。とたんに、

「うっ」

と、鑑識官は顔を逸《そ》らした。凄《すさ》まじい刺激臭。

「吸うな！」

大声で彼が言い、何人かがむせ返る。コの字形にブルーシートを広げていた者たちも動揺し、囲いはわずかに広がった。警察官はハンカチを出して口を覆ったが、物体に直接触れている鑑識官はそうもいかない。マスクの奥で眉《まゆ》をひそめて、

「ホルマリン……？」

と、首を傾げた。

風が刺激臭を薄めるのを待って、彼らは再びそれに近寄り、鼻と口を保護しながら恐る恐るビニールをめくった。また臭いが立ち上ったが、もう混乱は起きなかった。

それよりも、

「なん……なんだ、これは」

同じ言葉を、誰かがまた言う。カメラの男も、やはり同じことを考えていた。死体じゃない。いや、死体なのかもしれない。正直いって、よくわからない。

ビニールシートに包まれていたのは、巨大魚の頭部に少女が付いた『死体のようなもの』だった。少女があまりに美しいので、クシャクシャになったビニールが白薔薇《ばら》をあしらった棺《ひつぎ》に見える。少女はせいぜい十歳前後。唇も顔も真っ白で、閉じた瞼《まぶた》の睫《まつげ》は長く、喘《あえ》ぐように唇が開いて人間の前歯が覗いている。胸の正面でクロスした腕は細長く、手の甲から腕にかけてまばらに鱗《うろこ》が貼り付いており、ゆるく握った拳《こぶし》の下に硬い乳房が垣間見え、鎖骨のくぼみも首の細さも、作りもののように華奢《きゃしゃ》で滑らかだった。髪は長く、水草のように散り、両耳のあたりに鮫《さめ》のようなエラがある。胸から下はまったく魚で、腹びれと尻《しり》びれがついており、鋭い剣をもつ大きな尾びれは特に、毒々しい朱色をしていた。

「人魚……？　いや、そんなバカな」

どうして誰もが同じことを考えるのか。たとえばこれが人魚だとしても、知りたいことの答えには全くなっていないというのに。

ぬめぬめとした皮膚に水滴が光る。

鑑識が切るシャッターの音。

捜査員らの溜息《ためいき》と、それを囲む者らの息遣い。

天空に鳶が舞い、カラスの群れがざわめいている。

足下に横たわる異形の何かを見下ろして、男は、結果として巨大魚など足下にも及ばぬ傑作を撮れたと考えていた。

第一章　新生厚田班の憂鬱

「藤堂《とうどう》、コーヒー」

と、東海林《しょうじ》がのたまう。

八王子西署刑事組織犯罪対策課のブースで供述調書を書き直していた藤堂比奈子《ひなこ》が顔を上げると、東海林は給湯室の入口に立って、大切に隠しておいたすや亀《かめ》の『五穀みそおこげ』を、ザクザクと食べていた。

「ああっ、なんで私の『みそおこげ』をっ」

比奈子は慌てて席を立ったが、東海林は最後の一口をさも旨《うま》そうに呑《の》み込んで、親指と人差し指をぺろりと舐《な》めた。

長身でガッチリした体格の東海林は、薄い水色のシャツに黄色いネクタイを締め、濃紺のスーツを着込んでいる。髪の毛がツンツンと自在な方向に立っているから、捜査にも仕事にも余裕があるのだ。そういえば、ここにいた時よりも少しだけ、ファッションや髪型に気を遣っているようにも見える。

「書類が終わったら食べようと思って、楽しみにとっておいたのに」

いじましくも比奈子は泣きそうな顔をした。

「これ、超旨いのな。初めて喰《く》ったわ」

「もうーっ、思いっきり七味をかけておけばよかった」

冗談ではなく比奈子は言って、地団駄を踏んだ。五穀みそおこげは善光寺《ぜんこうじ》門前の老舗《しにせ》味噌《みそ》店が商うお煎餅《せんべい》だ。穀物のザクザクした歯ごたえに味噌の香ばしさが絶品で、食べ始めると止まらない。勿体《もったい》ないから書類が済んだらゆっくりじっくり味わおうと、自分へのご褒美によけておいたのに。

「つか、コーヒー」

当然のように催促する東海林を、比奈子はぷんと睨《にら》み返した。

「つか、コーヒー。じゃないでしょう。なんでここへ来てるんですか？　先輩は、この春から本庁の捜査一課へ異動になったはずでしたよね」

ヤカンに水を入れてコンロに掛けると、比奈子は食器棚から東海林のカップを取り出した。小さじ一杯半のインスタントコーヒーを入れ、沸騰するお湯を攪拌《かくはん》するためにヤカンを揺する。

「それにマグカップ、どうしてここへ置きっ放しなんですか」

「あっちはコーヒーサーバーだから、マグカップなんて要らないんだよ」

「そうじゃなくって、しょっちゅうしょっちゅうここへコーヒー飲みに来ていて、いいんですかって聞いてるんですっ」

八十五度程度まで冷ましたお湯をカップに注ぎ、砂糖を入れてかき回し、渦巻きの上にミルクを載せる。東海林は横からカップを奪い、

「いーのいーの。仕事に出たついでだからさ」

しれしれとそう言った。

「あ、うめー！　なんかさ、やっぱ藤堂の淹《い》れたコーヒー旨いのな」

「インスタントなんだから、誰が淹れても同じだと思います」

呆《あき》れて比奈子は溜息を吐いた。

藤堂比奈子は八王子西署刑事組織犯罪対策課の刑事である。お茶汲《ちゃく》みと書類整理と食料調達がメインだった内勤業務から、事件現場に出るようになって三年。新人刑事から少しだけ格上げになったところだ。懇意の検死官から『木偶《でく》の坊』と呼ばれる東海林もまた、比奈子と同じ厚田《あつた》班所属の先輩刑事であったが、この春めでたく昇進して、警視庁捜査一課へ異動していた。

「東海林、バカ。またこんなところで油を売ってる」

現役厚田班の倉島《くらしま》刑事が通りかかって、足を止める。東海林の胸に輝く赤バッジを一瞥《いちべつ》すると、倉島は、やれやれという顔で溜息を吐いた。

「向こうの水になじめないの？　それとも、藤堂刑事が恋しいのかな」

「両方っすよ」

と、東海林は悪びれもせずにニカっと笑った。

「行ってみて気がついたんっすけど、あっちの女性警察官は、なんつか、キリキリっ、ピリピリって、してんすよ。『おーい、お茶』なんか言える雰囲気じゃ、まるっきりないんす。つか、あっちはサーバーなんで、お茶はいつでも飲めるんすけどね」

「当たり前です。女性警察官だって対等に仕事をしているんですから」

「ほんとそこな」

と、東海林は比奈子の鼻先に人差し指を向けた。

「藤堂のほんわか具合に慣れきっちゃった俺としてはさ、こう、むしょーに、癒しが欲しくなるわけですよ。てっ！」

突然スコンと頭を叩《たた》かれて、東海林は大きな体を竦《すく》めた。丸めた新聞紙で東海林の頭を張ったのは、これも現役厚田班の片岡《かたおか》だった。片岡は東海林の膝《ひざ》裏をカクンと折ると、今度は頭頂部をぺちんと叩いた。強面《こわもて》の顔で凄《すご》んでみせる。

「なんでまたここにいるんだよ。ぜんっぜん、異動した気がしねえじゃねえかよ。どうなってんだ、本庁さんよ」

「うす」

東海林は頭をさすりながら、ヘラヘラ笑った。

「つか、今日は、ガンさんは？」

「署長室だよ」

そう言うと片岡は、バイバイと手を振って行ってしまった。

「ちぇっ。冷てえな、片岡さんは」

「片岡の言うとおりだよ。ぼくも東海林が異動になった気がしない。本庁はそんなに暇じゃないはずだよ」

「暇じゃないすよ。つか、クッソ久しぶりに、警察学校時代を思い出してますよ」

東海林は尻《しり》を掻《か》きながら、比奈子が淹れたコーヒーを飲んだ。

警察学校時代を思い出すなんて。

ストレスを抱えると尻を掻く、東海林の癖を久々に見ながら比奈子は思う。

警察学校の数ヶ月間、警察官予備軍たちは、警察官としてのあれこれを、ほぼ二十四時間叩《たた》き込まれて過ごす。そして、必ず何割かの人間がふるい落とされていく。当然ながら規律正しく、集団行動、集団責任。カリキュラムも教場の雰囲気も超スパルタではあるのだが、その後現場で警察官になるなら致し方ない部分もあると、今だからこそ比奈子は思う。警察官は自分の命はもちろんのこと、真っ先に民間人の命、ひいては仲間の命を守らなければならないからだ。警察組織最初の関門である警察学校時代の緊迫感と緊張感を思い出してみれば、警視庁捜査一課強行犯捜査係という新しい教場で東海林が自分の居場所を懸命に模索していることが想像できた。

「なるほど、それは大変だ」

大して同情したふうもなく倉島が笑う。

「ともあれ、こうも頻繁に古巣へ戻ってくるようでは、ぼくでも東海林をシメたくなるね」

「だから仕事だっつってんでしょうが」

東海林は空になったマグカップを比奈子に渡して、署長室の方へ首を伸ばした。

「ったく、話が長いんすよね。ここの署長は」

それから時間を確認して、

「しょーがねーな」と、自分に言った。

「直接ガンさんに言うつもりだったんすけど、倉島さん」

「なんだ、本当に話があったのか」

東海林は倉島の腕を摑《つか》んで、給湯室へ押し込んだ。当然のように比奈子も続く。シンクとコンロと食器棚しかない給湯室も、長身の倉島と東海林が入ると窮屈感が半端ない。東海林は外に人がいないのを確認してから、声を潜めた。

「昨夜、京葉《けいよう》線で人身事故があったんすけど」

「うん。それが？」

と、倉島。東海林は首の後ろを掻いた。

「死んだの、新宿《しんじゆく》署の刑事らしいんすよ」

空のマグカップをシンクに置いて、比奈子も思わず声を潜めた。

「自殺ですか？」

「一応そうゆーことになってるらしい」

二人の真ん中に立っている東海林は、話すたびに比奈子と倉島を交互に見る。

「一応？　なんだい、その妙な含みは」

倉島は腕を組み、中指でメガネを持ち上げた。

「だって、本人が死んじゃってんすから、理由もよくわからんってことっすよね。それに、こういう情報って、なかなか表に出てこないじゃないですか。特に警察関係者の自殺ってのは」

「まあ、それはね」

倉島が頷《うなず》くと、東海林は比奈子を振り向いた。

「でもさ。その刑事って、あの刑事だったらしいんだよな」

「あの刑事って、どの刑事ですか？」

比奈子は記憶を辿《たど》ってみた。

新宿署と捜査をしたのは一度だけだ。昨年の冬、ベジランテボード総合病院で複数の入院患者が殺害される凶悪事件が起きた。その犯人を新宿で見かけたとの情報を得て、ガンさんが新宿署に応援要請し、一緒に張り込みをしたことがある。

「あん時、新宿署の刑事がいたろ？」

「覚えています」

「まさか。彼が自殺？」

「そそ」

東海林は倉島に人差し指を立て、井戸端会議のオバサンみたいに空中を払った。

「その刑事らしいんっすよ、亡くなったのは」

「なんであの刑……」

「しっ」

比奈子が大きな声を出したので、東海林は唇を尖《とが》らせた。

「本庁にいるとさ、そこそこ情報が入ってくるのな。で、それが良い悪いは別にして、やっぱ所轄とは対応が違うんだわ。大きな事件はともかく、それ以外はわりかし、すらーっと流されていくんだよ。ま、それぞれ担当があるから仕方ないっちゃないんだけどさ。俺としては気になったわけ。なんでかっつーと」

「一度だけとはいえ、一緒に仕事をした仲ですものね」

「そそ」

東海林は比奈子に向けて鼻をこすった。

「それにあの事件。逮捕直後に犯人が薬物の過剰摂取で死亡したじゃないっすか」

「たしかに死神女史の……」

と、倉島は、東大法医学部に籍を置く検死官の名を挙げた。

彼女の名前は石上妙子《いしがみたえこ》。猟奇遺体に目がない変人として警視庁ではその名を知られ、ついたあだ名が死神女史だ。

「……死神女史の話では、常習者が自分に投与する量をはるかに超えていたと」

「太ももに注射痕《こん》らしき痕《あと》があったとも仰《おっしゃ》ってました」

「そそ。でもって、あん時の刑事が自殺。これってなんか臭くねえすか？」

「たしかにね」と、倉島。

「公務員に自殺者が多いってのはわかってるんすよ。でもね、一応ガンさんには報告しておこうと思って。つか、そういえば、俺の後釜《あとがま》まだっすか？」

東海林は給湯室から首を伸ばして署内を探った。

「それもあっての署長室だよ。とにかく東海林」

「うす」

倉島は東海林の肩に手を置いた。

「本庁捜査一課は警視庁の花形だ。警察学校時代を思い出して、頑張りたまえ」

倉島はクールに言って東海林の後ろを通り、

「新宿署の話はガンさんに伝えておくよ。じゃあな」

二本指で宙を払って行ってしまった。東海林は少しだけ淋《さび》しそうに苦笑した。

「んじゃ、俺も出かけようっと。藤堂ごっそさん。あ、そうだ」

東海林は給湯室の入口で立ち止まり、比奈子を振り向いてニヤリと笑った。

「もうひとつ変な話があった。狭山湖で人魚の死体が上がったってさ」

「えっ、人魚っ？」

と、本気で驚いてから、比奈子はやられたという顔でほっぺたを膨らませた。

「先輩、それ、本気で言ってます？」

「本気本気。ホントの話だって。どういう機関に検死を頼めばいいかって、所轄署から相談されたらしくてさ、田中《たなか》管理官が死神女史を紹介してたわ」

「いったいどういう話なんですか？」

「わからんけど、ホルマリン漬けの奇形標本が貯水池に遺棄されたとかじゃね？　このクソ忙しいのに余計なことをやらかしてくれるよ、まったく。くだらない検死を持ち込んで、死神のオバサンの逆鱗《げきりん》に触れなきゃいいけどな」

あー、忙しい忙しいと言いながら、暇そうな東海林は署を出ていった。その飄々《ひょうひょう》としたとぼけっぷりに呆《あき》れながらも、比奈子は東海林を見送った。

東海林が去ると、とたんに署内が間抜けて見えた。刑事は四六時中一緒にいるわけではないし、厚田班は現場によってバディが変わるから、相棒だったわけでもない。それでも東海林がいるのといないのとでは、署内の空気が微妙に違う。それは確かだ。

比奈子は厚田班に配属されたばかりの頃を思い出してみた。席を外すと書類の山が増えていたこと。それが東海林のデスクから移動してきたのを知って、処理済み書類をこっそり付箋《ふせん》でマークしたこと。目印に描いた唐辛子のイラストを、東海林はナスと言ったっけ。

「失礼ね」

比奈子は淋しく呟《つぶや》いた。あの頃は、交通課に仁美《ひとみ》だっていてくれた。今は署内のどこを探しても、当然ながら仁美はいない。

世界中どこを探しても彼女はいない。仁美は警察学校の同期で、親友だった。刑事を目指す比奈子を一番応援してくれた友でもあった。けれど彼女は、比奈子が初めて現場に出ることになった事件で、殺害されてしまったのだ。

ポケットに手を入れて、比奈子は小さな七味缶をまさぐった。それは故郷長野《ながの》市の善光寺参道近くで売られている七味の缶で、蓋《ふた》に、『進め！　比奈ちゃん』と書かれている。文字を書いたのは亡き母親で、根元八幡屋礒五郎《やわたやいそごろう》の七味を愛して止まない比奈子に贈られた就任祝いの品だった。刑事になったばかりの頃は、何にでも振りかけて気持ちを高揚させてきたし、緊張するたび缶を握り締めて自分を落ち着かせたものだった。目まぐるしい日々の中で、いつしかこれに頼ることも減っていき、それを知っていたかのように、ある日、比奈子の身代わりになってひしゃげてしまった。

ポケットから取り出してみると、無残にへこんだ七味の缶は、一部塗装が剥《は》げている。東海林と鑑識の三木《みき》が八幡屋礒五郎本店に相談して直そうとしてくれたけど、結局は、思い出込みでそのまま大切にすることにした。

これなしでは何もできない自分だった。これなしでは涙も我慢できない自分だった。そう思うと、ずいぶん時が経った気がした。母が逝き、仁美が殺され、大好きな人に手錠を掛けて、様々な猟奇事件に遭遇し……そうして今は、東海林が本庁へ行ってしまった。両手に七味缶を包み込み、比奈子は祈るように俯《うつむ》いた。

お母さん。私、少しは強くなれたかな。仁美。私は仁美の分まで頑張れているのかな。心の中で訊《き》いてから、比奈子は自分のデスクに戻る。新人を抜け出した今だって、膨大な量と種類の調書を書くのはなかなか慣れない。基本的に内勤の指示待ち刑事であることも、あの頃とそう変わっていない。ガンさんに指摘された部分を書き直したら、お茶の買い出しに行かないと、緑茶もコーヒーも終わりそうだ。書類の脇に七味缶を置いてペンを取ったとき、ガンさんが戻って来た。

「藤堂、ちょっといいか」

比奈子の上司、ガンさんこと厚田巌夫《いわお》（万年）警部補は、刑事課のブースへ来るなり薄い髪の毛をかき回しながら比奈子を呼んだ。今日は全員書類の整理で、部屋には比奈子の他に倉島と片岡、そして、『あまりに薄い存在感』という特技を持つ、清水《しみず》刑事が揃《そろ》っていた。これが、東海林が抜けた厚田班の全メンバーだ。

「はい」

立って行くと、ガンさんは頭の天辺から足下まで、比奈子を一瞥《いちべつ》して眉毛《まゆげ》を掻《か》いた。

「なんでしょうか……？」

不安になって比奈子は訊いた。

「うむ。あのな」

言いあぐねてガンさんは、背広の内ポケットからペパーミントガムを取り出した。一枚を口に入れ、残りのガムを比奈子にくれる。

「いただきます」

比奈子は訝《いぶか》しげにガムを受け取ると、すぐには嚙《か》まずにポケットへ入れた。

「明日《あした》、新人が配属されてくるんだが、基本的なことをな、おまえが面倒見てやってくれないか」

「おやおや」

と、声を上げたのは清水だ。パソコンから顔を上げ、興味津々で訊いてくる。

「東海林の後釜が決まったってことですね。やっとこさ」

「そういうことだ。デスクは東海林のを使わせるから、藤堂、しっかりチェックしておいてくれ」

東海林のデスクは比奈子の隣だ。ざっと片付けていったのだが、東海林のことだから、デスク下にキャバクラのサービス券が貼ってあるとか、プラモデル屋の点数券が引き出しの裏に隠してあるとか、他にもいろいろ不安が募る。比奈子は書類の山にチラリと目をやり、肩を落として「はい」と、答えた。もらったガムに七味を振りかけ、クルクル巻いて口に入れると、初めて連れて行かれた現場のことを思い出した。あの時はまだ、東海林のことも、殺人現場のこともよく知らなかった。

「よかったじゃねえか、藤堂。後輩が入るってよ」

片岡は鼻毛を抜きながらニヤニヤしている。

「めでたくおまえも先輩刑事だ。後輩ちゃんをガッツリ仕込んでやるんだな」

「仕込むだなんて、そんな」

「あー……そこなんだがな、片岡、倉島。あと清水」

ガンさんは、比奈子以外の三人に体を向けた。

「来るのは、だな。まあ、あー、なんというか、ある意味強者《つわもの》の新人でなあ。班の水に慣れるのを見計らって、フォローを頼む」

「それはどういう意味ですか？」

倉島が書類から目を上げると、ガンさんは不器用に笑った。

「先入観は与えねえよ。ま、明日になればわかるってことだ」

それきりデスクで書類の整理を始めたので、比奈子ら四人は互いに顔を見合わせた。

こうして比奈子も倉島も、東海林の伝言をガンさんに伝えるのを忘れてしまった。

翌日の遅い朝、大量の備品で溢《あふ》れたダンボール箱を抱えて、若い刑事が八王子西署組織犯罪対策課にやって来た。中肉中背、髪を坊ちゃん刈りにして、濃紺のスーツで決めている。彼はダンボール箱を抱えたままで、

「厚田警部補の部署はこちらでしょうかっ」

と、大声を上げた。比奈子の位置からは備品に隠れて顔が見えないが、昨日ガンさんから頼まれた手前、立ち上がって最初に答えた。

「ええ。ここよ」

「本日よりっ、八王子西署っ、組織犯罪対策課っ、厚田班へのっ、赴任を申しつかりましたっ……」

「あの」

と、背中を突《つっ》いて比奈子は言った。

「とりあえず荷物を置いたら？　そうしないと、挨拶《あいさつ》しても顔が見えないから」

「わかりました！」

威勢よくそう答えて、新人は東海林の机だったところに荷物を置いた。パソコン、ハードディスク、各種ケーブルに可動式簡易パソコン台。折りたたみ式キーボード、簡易スキャナ、その他諸々《もろもろ》、比奈子にはわけのわからないＩＴ機器がダンボール箱には詰まっており、隙間にあったマグカップが落ちそうになるのを、思わず手に取って比奈子は言った。

「なんなの、このカップ」

マグカップには蓋がついているばかりか、底がゴムの吸盤になっている。

「こぼさないカップであります。吸盤式で倒れにくい構造になっているのです」

倉島が首を竦《すく》めた。厚田班は全員デスクにいたが、比奈子以外は座ったままだ。ガンさんが書類の奥で顔を伏せ、目頭を揉《も》んでから立ち上がるのを見て、ようやくみんなも立ち上がった。ごつい片岡や長身の倉島と違って、清水はちんまりと小柄なので、立ってもあまり見栄えがしない。

若い新人刑事は直立不動で一同を見回し、腰を鋭角に曲げてお辞儀した。

「本日より八王子西署組織犯罪対策課厚田班へ配属になりました、御子柴秀《みこしばすぐる》であります！　何卒《なにとぞ》よろしくお願いします」

その瞬間、比奈子の抜群の記憶力が反応した。

「御子柴って、もしかして、安土《やすど》駐在所にいた御子柴巡査？」

比奈子は思わずそう聞いた。改めて顔をよく見ると、大きな目と、ちんまりした口に見覚えがある。粗忽《そこつ》者で注意力散漫な、困った新人警察官とインプットしたことも思い出された。安土駐在所は八王子西署から目と鼻の先にある駐在所で、以前はガンさんや比奈子が尊敬する大先輩が勤務していた。御子柴はその大先輩に預けられるも、立番のたびスマホで熱心に遊んでいたのだ。

「はっ。その節は御指導御鞭撻《べんたつ》を賜りまして、深く感謝いたしております」

御子柴はそう言って、再び比奈子にお辞儀した。

比奈子は思わずガンさんを見たが、ガンさんは参ったなという顔で、ポリポリとこめかみを掻いている。はっきり言うと、比奈子が御子柴に御指導御鞭撻したことはない。警邏《けいら》中にメッセージアプリで遊んでいるのを叱っただけだ。その後も御子柴はしばしば同じことを繰り返し、上司だった巡査部長にこっぴどく怒鳴られていたものだ。定年間近の巡査部長は御子柴について、優秀なキャリア組だが問題児でもあり、まだまだ教えることがたくさんあると話していた。

あの御子柴が刑事になって、八王子西署の、しかも厚田班へ来るなんて。比奈子はあんぐりと口を開けてしまった。

「あー。俺からも、ちょっと補足しておくがな。御子柴は安土駐在所勤務の時に、たまたまうちと絡んだろ？　その縁で、ここで働きたくなったらしいや」

ガンさんが苦笑しながら付け足したので、昨日署長室へ呼ばれていたのはこのせいかと、比奈子らは一様に理解した。御子柴は、『成績は』優秀で、一気に階級を上げていけたはずなのに、どうして所轄の署長ではなく、現場の刑事を志願したというのだろう。

「そうなのです！　あの緊迫した場面でマル被を確保した厚田警部補の抜きんでた手腕と、みなさんの仕事っぷりに惚《ほ》れたんです。正直言ってシビれました。ぼくもぜひこのチームで働きたいと憧《あこが》れまくって、ずっとチャンスを……」

ガコン！　と、後ろから片岡が頭を張った。丸めた新聞紙ではなく素手である。

「声がでけえんだよ、バーカ」

と、片岡は御子柴に凄《すご》んだ。

「刑事が事件を自慢してどうすんだ。しばくぞ、このタコが」

「まあまあ、片岡」

清水がなだめる。

「ともあれ、よくもまあ、ここへ志願してきたね。ぼくは清水」

「そうですね、ほんとうに」

と、倉島も意地悪な流し目で御子柴を見た。

「御子柴刑事はメンタルが強いほうですか？」

スマートにメガネを持ち上げながら倉島が訊《き》く。顔が整っているだけに、ニヒルに笑うと歯の白さが怖い。

「は？　メンタルですか？　どうしてそんなことを」

御子柴は警戒するように首を傾げた。

「何も知らねえで呑気《のんき》に厚田班を志願してんじゃねえんだタコが。ここには歩く猟奇犯罪者ホイホイ藤堂比奈子がいるんだ。並みのメンタルじゃ、こなせねえ現場なんだよ。ちなみに俺は片岡だ。覚えておけ」

「はい」

と、言いながら御子柴は、戸惑った顔で比奈子を見た。比奈子は身長が低いので、向き合うとどうしても見下ろされてしまうが、ここは先輩らしく挨拶するべきだ。

「藤堂比奈子です。前も挨拶したけれど」

精一杯クールに微笑むと、

「どうぞよろしくお願いします」

御子柴も素直に礼を返してきたが、片岡らにいわれたことを半分も理解していないのが表情から見て取れた。

「とにかく。先《ま》ずはその大仰な荷物を片付けろ。あとは、しばらく藤堂から色々教えてもらってくれや。片付いたら俺と挨拶に回るぞ、急げ」

「はいっ」

と、威勢のいい返事をして、御子柴はガンさんに言われたとおりにダンボールの中身を引っ張り出した。厚田班でパソコンや周辺機器に詳しかったのは東海林と清水だが、御子柴のそれはオタクと言ってもいいようなカオスぶりだ。手伝おうにも何が何なのかわからないので、比奈子は結局、彼のマグカップだけを給湯室へ運んで行った。蓋《ふた》と吸盤付きの倒れないマグカップは食器棚のサイズに合わなくて、比奈子はそれを水切りカゴに寝かせておいた。うっかり置くと吸盤がくっついてイライラする代物で、こういう職場で使うには、便利かどうかまったく不明だ。

御子柴に最初に教えることは、先輩刑事それぞれのカップと、それぞれのお茶の好みと、お茶を出すタイミングで、新米刑事はもれなくこれをする決まりになっている。

新人だから使い走りをするという意味だけでなく、相手の気持ちを汲《く》んでお茶を出す行為は、刑事という仕事の基本的な部分を鍛錬することになるからだ。

今後は自分もお茶を出してもらう立場になると思うと、比奈子はちょっと不思議な気がしたし、反面、御子柴がどんなお茶を出してくれるのかを考えると、恐ろしいような気持ちもした。

こっそり御子柴の様子を眺めていると、比奈子のポケットでスマホが震えた。吸い殻の山が映っているので、死神女史からの電話であった。

「はい。藤堂です」

「あのさ、ちょっと、時間があるかい？」

女史はいつも単刀直入に本題に入る。比奈子は刑事課の様子をチラ見しながら、

「あるといえば、あるような」

と、ごく曖昧《あいまい》な返事をした。

「あるのかないのかどっちなんだい」

死神女史は鼻を鳴らすと、

「時間があるなら、ちょっと来ておくれでないか。見て欲しいものがあるんでね」

と、比奈子に言った。時間があろうとなかろうと、勤務時間内に女史が電話をして

くる場合、その用件が最優先事項になるのはいつものことだ。

「なんですか、見てほしいものって」

「人魚の死体」

女史はしれしれとそう答えた。

「狭山湖に捨てられていたという？」

「おや。知ってたかい？　情報が早いこと」

「昨日、東海林先輩から聞いたんです。ホルマリン漬けの奇形標本を、誰かが貯水池に捨てたって」

女史はわずか沈黙してから、

「奇形標本ねえ……」

と、静かに言った。

「違うんですか？」

「それを調べてる最中なんだけど、気になる事があって、慌てて電話したってわけ。厚田警部補はそこに？」

「ええ。デスクにいます」

「手が離せそう？」

「電話を替わりますか？」

「そうね」

と、女史が短く言うので、比奈子は書類整理中のガンさんにスマホを渡した。元夫婦のガンさんと死神女史は、互いの電話番号を知っているのに、なぜか比奈子を仲介に使う。ガンさんが電話に出ると、

「死神のオバサンかよ」

事情を察した片岡が、呆《あき》れたようにそう訊いた。

「死神って、なんですか？」

御子柴が興味津々で顔を上げると、

「なんでもねえよ。てか、絶対に、本人の前で死神なんて言うんじゃねえぞ」

と、片岡は説明もせずに話を打ち切る。

仕方がないので、比奈子がかいつまんで説明した。

「法医学博士で検死官……東大の……？」

「そうよ。正しい名字は死神じゃなくって石上だから。くれぐれも間違えないよう気をつけてね」

「なんか、キャラ立ちがすごくてワクワクしますね」

呑気に瞳《ひとみ》を輝かせるので、片岡はあからさまに、『大丈夫かこいつ』という顔をした。経験からいって死神女史が連絡してきた場合は、ほぼ例外なく猟奇事件に発展しているからだった。比奈子が歩く猟奇犯罪者ホイホイならば、死神女史は感度の高い猟奇犯罪センサーなのだ。

「藤堂、ちょっと」

通話を終えたガンさんは、比奈子にスマホを返してこう言った。

「東大へ行ってくれるか？　先生が解剖室へ来てくれってよ」

「わかりました」

上着を取るため比奈子が自分のデスクへ戻ると、

「御子柴君。きみも一緒に行くといい」

倉島がニッコリ笑ってそう言った。

「え、でも、ぼくはこれから、厚田警部補と挨拶《あいさつ》に……」

「うん。ま、新人はね、一度は通る道だから。挨拶なんかいつでもできる。でも、こんなチャンスはそうそうないよ。きみはとってもラッキーだ」

ニコニコ笑って清水も言う。

「御子柴おまえ、『持ってる』じゃねえか」

片岡までが立ち上がって、「でも」と戸惑う御子柴の背中を、「ほい」と比奈子のほうへ押しやった。

「そうだな。藤堂、頼めるか」

ガンさんにまでそう言われ、比奈子は御子柴を連れて八王子西署を出て行った。

第二章　侵された人魚

いつもの癖で、比奈子はうっかり運転席に座ってしまった。自分はもう目上なのだから、御子柴が先に運転席に腰掛けて、「先輩。どこへ車を回しましょうか？」と、訊《き》いてくれたなら、すんなり「本郷の東大へ」と、言えたはずなのに、全くそうはならなかった。御子柴は当然のように助手席に乗り込んできて、

「どこへ行くんですか？」と、比奈子に訊いた。

比奈子は先輩刑事としての自分を心の中で叱咤《しった》しながら、

「東大の法医学部よ。あのね、御子柴君」

エンジンをかけて御子柴に言った。

「次からあなたが運転してね。間違っても、他の先輩たちと出かけるときには、当然のように助手席に座ることがないように」

「あ、そうなんですね。なーるほど」

言いながら彼は、悪びれもせずにシートベルトを締めた。

だめだこりゃ。いえいえ、私がダメなのよ。と、比奈子は心で溜息《ためいき》を吐いた。先輩刑事なんだから、ガツンと、ビシッと、しっかりしなくちゃ。そんなことを考えて緊張したら、急発進するという失態をやらかした。

「先輩、肩の力を抜いて下さいよ」

御子柴に笑われて、比奈子は車のエンジンを切ると、ポケットから七味を出して、ぺろりと舐《な》めた。

「うえ、何やってるんですか、変態ですか」

御子柴は驚いて体を引いた。紫蘇《しそ》、山椒《さんしよう》、蕃椒《ばんしよう》、白薑《びやくきよう》、陳皮《ちんぴ》、ゴマ、麻種《おたね》、七味の香りが車内に漂う。

「変態ですかって失礼ね。これが私の活力なのよ。覚えておきなさい」

先輩らしくそう言って、比奈子は車を発進させた。それはともかく、御子柴を助手席に乗せてみて、一つだけ感心したことがある。以前の彼を知る経験から、すぐにスマホをいじり始めると思ったが、御子柴はスマホを出さなかった。

「勤務中にスマホをいじる悪い癖は改めたのね？」

比奈子が言うと、御子柴はヘラヘラ笑って頭を掻《か》いた。

「いや、今日は話題がないもので」

話題があったらやってんのかタコ！　と、比奈子の脳裏で片岡が怒鳴る。

「先輩にも怒られましたよね。あの時は」

どうやら御子柴は比奈子に叱られたことを覚えているようだった。

「巡査部長からも、あの後こっぴどく怒鳴られました。でも、すっごく退屈だったんですよね。あまりに街が平和すぎて、立番していても誰も来ないし。それに、あれって警視庁だけじゃないですか？　交番で立番する決まりがあるの」

「立派な規則だと思うけど」

「まあ、それはね。それにあの時は、別れる別れないで彼女と揉《も》めていたもので」

「警邏《けいら》中にSNSで別れ話をしてたってこと？」

「や、まあ、ぶっちゃけそうなんですけどね、それはさすがに、ハッキリ言っちゃマズいでしょう」

比奈子は横目で御子柴を睨《にら》みつけた。

「あなた、仕事を舐めてない？」

「いえいえまったくそんなことは」

御子柴はニタニタした顔で外を向く。

大きな溜息をひとつ吐き、比奈子は先を急ぐことにした。自分も刑事になりたての頃は、こんなだったかなと考える。先輩たちは大きな心で育ててくれていたのだろうか。いや違う。違うと思いたいけれど、本当のところはわからない。後輩を持つということは、自分を振り返ることなんだなと比奈子は思う。先輩風を吹かせるだけじゃダメなんだ。何が大切で、何をどうすればいいのかを、しっかり伝えなくちゃならないんだ。それはつまり、自分が学び直すということなんだ。

御子柴に気付かされたのは、今まで自分がどれだけ格下の立場に甘えていられたかということだった。

東京大学の本郷キャンパスに車を着けると、比奈子は死神女史のモルグへ向かった。ガンさんの話では、人魚は所轄の指定病院へ運ばれたものの、通常の遺体とはあらゆる意味で違っており、結局、その道のエキスパートである死神女史の元へ回されたとのことだった。女史が指定した場所はラボではなく司法解剖室で、標本遺体を解剖するなどという話は今まで聞いたこともなかったが、女史がそう決めたからには何か根拠があるのだろう。

「それにしても、人魚って……」

思わず口をついて出た言葉に、御子柴はすぐ反応した。

「人魚？　あ、無料アプリのことですね。藤堂先輩もアプリ好き？」

彼には何も答えずに、比奈子は解剖室の入口に立った。

初めて司法解剖に立ち会った時のことを、比奈子は鮮明に覚えている。人の内臓が部品のように取り外されていく様を見た時の衝撃と、何をされても抵抗しない遺体の不条理さと恐ろしさ。刑事はみな、被害者を見て心が燃える。必ず敵を討ってやると、そう思う気持ちがモチベーションの維持につながっていく。だから一度は司法解剖に立ち会ってこいと送り出されたのだけれど、実際に強く感じたのは、死ぬということのあまりに空虚なおぞましさだった。

御子柴は相変わらずヘラヘラしている。警察学校でも司法解剖に立ち会う機会があるから、すでに経験済みなのかもしれないが、死者に敬意を払うためにも、もう少し神妙になれないものかと比奈子は思う。

とりあえず大きく息を吸い、比奈子は解剖室の扉を開けた。

司法解剖室はシンプルで機能的な造りをしている。内部はほぼ無彩色で、設備の配管が剝《む》き出しになっており、ステンレス製の解剖台の周囲には、ぐるりと排水溝が回されている。何を洗い流すためなのか、それを考えただけでも萎《な》えそうになる。様々な照明が天井から下がり、薬品の匂いや屍臭《ししゅう》が混じり合う。その空気を嗅《か》いだだけで、比奈子は胃がひっくり返るのではないかと怖くなる。

「ようやく来たね」

解剖服に身を包んだ死神女史が、マスクの奥からそう言った。

解剖台の周囲に数人のスタッフがいたが、比奈子や御子柴と入れ替わりに、女史は彼らを帰してしまった。

「珍しい案件だから、学生たちに見せていたんだよ」

ラテックスをはめた手の甲で器用にメガネを持ち上げると、女史は御子柴を見て、「おや」と、言った。

「新顔だね？　木偶《でく》の坊の後釜《あとがま》かい？」

比奈子に脇を突《つつ》かれて、御子柴は一歩前に出た。

「本日より、八王子西署、組織犯罪対策課に配属となりました、御子柴です！」

勢い込んだまではよかったが、解剖室の臭いを吸い込んで、御子柴はゲホッと咳《せ》き込んだ。

「バッカだねえ。こんな場所で大口を開けるなんてさ。遺体に危険物質が混じり込んでいたら、どうするつもりだったんだい」

「えっ、ゲホ、ゴホッ、そ……んな……ゴホ……こと……が」

女史は比奈子に顎《あご》をしゃくった。解剖室に備えてあるビニール袋を彼に渡せという意味だ。比奈子は黙ってデスクに行くと、ビニール袋を二重にして御子柴に持たせた。

「なんですか、これ」

「いいから持っていて。部屋を出るまで放しちゃ駄目よ」

「わかりました……」

解剖台は女史の後ろにあって、そこに何かが載っている。遺体のようには見えなかった。いつもと違って激しい薬品臭が漂っており、屍臭はあまり強くない。載っているものは小さくて色がなく、鮮やかに目に飛び込んでくる赤い色も、血液ではなく尖《とが》ったビニールのような何かだった。

「それが人魚なんですか？」

比奈子が訊《き》くと、死神女史は目を細めた。

「見た目はね」

その目が笑っていないので、比奈子は女史を窺《うかが》った。マスクで表情が隠れているので、確認できるのは両目だけだが、その瞳《ひとみ》には、怒りとも悲しみとも戸惑いともとれる色が浮かんでいた。

解剖台に近寄って、そして比奈子は息を呑《の》む。ステンレスの解剖台に載せられていたのは、少女の上半身と、巨大な魚の胴体らしきものだった。それらは明確に分かれているわけでなく、少女の胸の下あたりでつながっている。少女はY字に切開されて、虚《うつ》ろな体内が透けており、魚の方も裂かれて内部が空洞になっていた。あまりの奇妙さとグロテスクさに、比奈子は思わずよろめいた。が、御子柴の手前、踏ん張った。

「人魚、て？　え……」

御子柴は比奈子の後ろから覗《のぞ》き込み、その瞬間、ビニール袋を持たされた理由を理解した。激しいホルマリン臭と、それに混じり合う生臭さ。衝撃的な遺体を目にしたとたん、彼は体を二つ折りにして袋に吐いた。嘔吐《おうと》物の臭いが鼻をつき、比奈子もつられて吐きそうになる。

「あー、吐くなら外でやっとくれ。いろいろと迷惑だからね」

女史は御子柴にそう言って、天井のライトを遺体に当てた。

「これはいったい……なんなんですか」

比奈子はハンカチで口を覆って、そう訊いた。

「わからない。わからないけど、奇形遺体じゃないと思う。ホルマリンに漬けられて、体は少し縮んでいる。と、なると、十歳程度の少女と考えていいかもしれない」

「少女……なんですか？」

女史は少女の顔にライトを当てると、顔を横に向けさせた。

頭蓋骨《とうがいこつ》を開いて脳を取り出した後らしく、耳の裏側にメスの痕《あと》がある。だが、その痕は通常の軌跡を通っていない。なぜならば、メスは耳の下にバックリ開いた奇妙な器官を迂回《うかい》していたからだ。

「なんですか。その三日月形の奇妙な穴は」

「エラかな……もしくは、エラのようなもの」

メガネの奥で女史の目が光っている。彼女は鉗子《かんし》で部位を広げて見せた。魚のエラというよりも、鮫《さめ》のそれに近いと比奈子は思った。

「……それって、どういう……」

「さあ、そこだ」

女史は無意識に胸に手をやった。たぶん煙草が欲しいのだ。

御子柴のほうは解剖室の隅で吐き続けていたが、一杯になったビニール袋をぶら下げて、よろよろと立ち上がった。

「トイレは出て左。床を汚したら掃除しておくように。後でチェックするからね」

死神女史に厳しく言われ、御子柴は会釈する間もなく部屋を出て行った。

「ぶっ倒れなかったのは褒めてあげよう。と言っても、解剖室を逃げ出す最速記録を更新したね」

「歴代一位は、私ですか？」

比奈子が訊くと、女史は笑った。

「いや。医学部の後輩だった田中克治《かつじ》。彼が学生だった頃は、それでもY字切開の途中までは立っていたから、おたくの新人と比べると、十分程度はマシだったかな。直後に貧血起こして倒れたけどね」

その後輩は医者になるのを諦《あきら》めて、今では警視庁捜査一課で管理官の職に就いている。死神女史は少女の髪に手を置いた。

「上半身はほぼ人間。エラ以外はね、人間といっていいと思う。下半身は魚だけれど、普通の魚でもないようだ。鱗《うろこ》はあるけど、本物の鱗とは形状が違う。イルカの皮膚に模様を彫ったみたいになってる。もしくは、皮で作ったボディスーツみたいだ」

「え……つまり、これはなんなんですか？」

「わからない」

死神女史は肩をすくめた。

「わからないとしか言いようがない。今のところはね。ちょっと来て」

女史は内臓を取り分けた容器へ比奈子を誘った。

「一応DNA鑑定にまわしているけど、きちんと検出できるかは、わからない。ただ、これが何かのサンプルとして保存されていたとするならば、包埋された組織標本が別にあるかも。それを調べれば、もっとハッキリしたことがわかるんだけど、これ」

容器の蓋《ふた》を開けると、変形した内臓が入っていた。医学に詳しくない比奈子が見ても異常とわかる。増殖し、醜く変形した細胞片は、たぶん、

「癌ですか？」

死神女史は頷《うなず》いた。

「この人魚は全身癌に侵されているんだよ」

比奈子は遺体を振り返った。言われてみれば、バックリ切られた体にも、皮膚の変色が現れている。やせ細った腕に細長い指。作りもののような顔に長い睫《まつげ》。不気味に美しい未成熟な乳房にもデコボコがあり、癌細胞が蔓延《はびこ》った跡だと女史は言う。

「こんな出現の仕方は見たことがない。これも驚いたけど、3D造影の画像を見ると、もっと驚いたことがあってね。まあ、後で見せるけど」

女史はそう言って、可哀想な人魚の死骸《しがい》を見下ろした。

「彼女の血管や背骨はさ、魚の部分とつながっているみたいなんだよ。これを」

女史はラテックスをはめた手で少女の体を横にした。剝《は》ぎ取られた頭皮がずれて浮

き、傷口から半透明な液体が流れ出る。少女の背中を覗いてみると、肩胛骨《けんこうこつ》の真ん中にある背骨らしき突起物が、下がるに連れて次第に大きく突出して、尻《しり》の上ではっきり背びれの形状になっていた。血のように赤く、巨大で鋭い剣がある。そこから下、下半身から尾びれにかけては全く魚のようだった。

「どうなっているんですか」

「わからない。もしもこれが人為的に創られた物だとしたら、執念深い作為の賜《たまもの》だよね。繋《つな》ぎ目すらよくわからないんだから」

「繋ぎ目……」

女史の言葉を反芻《はんすう》したとたん、比奈子は激しい吐き気に襲われた。辛うじて耐えきったものの、足下から血の気が失せていきそうだった。

「女の子の体を、人為的に改造したと、そう仰《おつしや》りたいんですか」

「仰るもなにも、そう考えるのが今のところ理に適《かな》っているだろう。詳しく説明するからラボで待っててくれないか。あたしはこっちを処理して行くから」

「わかりました」

去り際に振り返ると、女史は彼女の頭を撫《な》でて、髪を一房切り取っていた。女史の表情は陰になり、ライトの光に死骸だけが白く浮き出している。十歳程度と死神女史が言うように、その顔は幼く、日本人のように見え、彩色前の蠟《ろう》人形に似た艶《つや》と光沢を持っていた。あまりに現実離れして作りもののようにも見えるが、唇や関節の皺《しわ》、髪の生え際などはどう見ても人間だ。両耳は退化したように穴だけで、その下にはエラがあり、細い腕には鱗と見紛《まが》う痣《あざ》がある。内臓を抜き取られた腹部は滑らかで、魚の皮膚のようにも、人間の肌のようにも見える。いずれにしてもホルマリンのせいで硬くなり、通常の柔らかさはとうに失われているのだった。

あなたは誰なの？　比奈子は少女にそう訊《き》いた。

どうしてそんな姿になったの？　それともあなたは最初から、そんなふうに生まれついたの？　心の中で呟《つぶや》きながら、比奈子は解剖室を出て行った。

細長くて薄暗い廊下に、真っ青な顔の御子柴が、体育座りで待っていた。トイレで吐きまくってきたらしく、目の縁が充血している。

「終わったんですか？」

御子柴は顔だけ上げてそう訊いた。

「これから先生のラボへ行って、説明を聞くわ。立てる？」

御子柴はゆらりと立ち上がると、手の甲で口を押さえてゲップした。

「藤堂先輩は平気なんですか？　ああいうの」

　比奈子はそれには答えずに、長い廊下を歩き出した。とにかく新鮮な空気が吸いたかったし、御子柴もそうだろうと思ったからだ。屋外に出れば五月の風が吹いており、木々には新緑が萌《も》え出ていて、植え込みにはバラが咲いている。

「平気じゃないけど、大分慣れたの」

　外の空気を吸ってから、比奈子は言った。外気に触れると御子柴も元気を取り戻し、早速ポケットからスマホを出した。

「ちぇっ。写メっておけばよかったな。あんなの、そうそう見られるもんじゃないのに、失敗したな」

　気分直しに何か飲み物を買おうと思ったのに、それを聞いて比奈子は立ち止まった。

「それ、本気で言ってるの？」怒りが湧《わ》いた。

「え、なんですか？」

「写メっておけばよかったなって、それは本気で言っているのかと訊いたのよ」

「だって、すっげー大発見じゃないですか。ロズウェル事件に匹敵するグロさでしたよね。あっちは解剖された宇宙人、こっちは少女の人魚ですよ？」

「御子柴君」

比奈子はポケットに手を突っ込んで七味缶を握りしめた。

「私たち、捜査に来てるのよ。興味本位で見物に来たわけじゃないのよ」

あれがどういう事情のものなのか、それすらわかっていないのだ。

「わかってます。それはわかっていますけど」

はいはい。とでも言いたげに、御子柴はアサッテのほうを向く。

ガンさん。私、無理かもしれないです。この先、御子柴巡査とわかり合えることはあるんでしょうか。そんな弱音を吐きそうになりつつ、比奈子は死神女史のラボへ向かった。


死神女史のラボは、狭い上にいつもブラインドが下りていて、換気が悪く、薄暗い。様々な物が雑多に置かれているのだが、女史の頭の中ではそれぞれ置き場所が決まっているらしいので、比奈子は迂闊《うかつ》に物に触れないよう御子柴に警告した。

細長い部屋のどん詰まりにパソコンデスクが置かれており、周囲の壁には所狭しと遺体写真が貼られている。デスクの手前に折りたたみ式のキャンプ用テーブルと、折りたたまれたままのキャンプチェアがあり、必要な場合だけ隙間を見つけて腰掛けられるようになっている。テーブルの上には吸い殻が山になった灰皿と明治のミルクチョコレートが箱買いされて置かれていて、食べ散らかした銀紙やチョコのパッケージが散乱している。いつもはガンさんがそれらを片付け、比奈子がゴミを捨てる役だが、今日は比奈子がゴミをまとめて、灰皿と一緒に御子柴に渡した。

「廊下に給湯室があるから、そこへゴミを捨ててきてちょうだい。あと、新しい灰皿を二つ持ってきて」

「え。そんなことまでぼくがやるんですか」

御子柴は不満そうに下唇を突き出したが、比奈子はかまわず「そうよ」と、命じた。自分はブラインドを上げて窓を開け、室内を換気し始める。折りたたみ椅子を広げる場所を確保していると、ようやく御子柴が出て行った。

女史の灰皿は、一頃よりも吸い殻の量が減っている。ガンさんが禁煙に成功したこともあり、ヘビースモーカーの女史に煙草の本数を減らすよう進言したせいもあるが、直情型で周囲に頓着《とんちゃく》しない女史の性格に鑑みて、実は体調が思わしくないのではと比奈子は密かに心配している。女史は少し前に悪性腫瘍《しゅよう》の手術をしており、未《いま》だ再発の警戒期間にいるからだ。

細長いラボの窓からは、向かいの学舎がよく見える。銀杏《いちょう》の木に青々と葉が茂り、レンガ造りの建物や、その上に広がる真っ青な空とよく似合う。死神女史はこの大学の出身で、ずっとここを拠点に法医学の研究を続けている。歴史ある古い学舎と死神女史は、もはやセットのように思われて、彼女の体調が心配になる。訊《たず》ねても何も答えてはくれないだろうけど、女史にはずっと、いつまでも、ここにいて欲しいと比奈子は願う。五月の風を吸い込んで、軋《きし》む窓を静かに閉じた。

ゴミ捨てにいった御子柴が戻らないので見に行くと、彼は給湯室の床にしゃがんでスマホをいじっていた。比奈子を見ると悪びれもせずに、

「あ。先生が来たんですか？」

と、立ち上がる。比奈子は呆《あき》れて腰に手を置いた。

「遅いから様子を見に来たの。灰皿は？」

吸い殻だけ捨てて洗っていない灰皿を、比奈子はさっさと自分で洗う。小姑《こじゅうと》みたいに目くじらを立てているうちに、性格が悪くなりそうだ。同時に、いい加減な性格だと思っていた東海林のことが、先輩として無性に尊く思えてきた。

「ラボへ戻りましょ」

御子柴はスマホを見ながらついてきて、比奈子が開けたドアから入り、そのまま立ってスマホをいじり続けている。後輩を持つのがこんなに大変なことだとは、比奈子は思いもしなかった。キャンプ用テーブルとパソコンデスクにそれぞれ灰皿をセット

した頃、死神女史が戻ってきた。

「お待たせお待たせ」

そう言って脇をすり抜ける時、女史は御子柴の向こう脛《ずね》をヒールで蹴《け》った。

「痛っ、何をするんですか」

「スマホばっかり見てんじゃないよ新米。せっかく法医学の現場へ来てるんだ。刑事として、少しでも学ぼうって気概はないものかね」

御子柴が下唇を突き出すと、女史は容赦なく下唇をつまんで、ねじり上げた。

「いてててて」

「いい歳して、拗《す》ねた顔をするんじゃないっ。こっちはね、マジで命のやりとりをしてるんだ。ほら」

ぺちんとその手で頬を張り、女史は御子柴のネクタイを摑《つか》んで、パソコンの前まで引きずっていった。

「よくごらん。あんたたちがこれから関わる仕事をさ」

マウスを動かして画像を呼び出す。Y字切開された少女の遺体が大映しになると、御子柴はすかさず右手で口を覆った。

「吐くんじゃないよ」

冷たい声で女史が言う。

「一度は許す。でも、この期に及んで吐くのなら、二度とあんたをラボへは入れない。わかったね？」

こみ上げてきたものを、御子柴はゴクンと飲み下した。

内臓を抜かれる前の体内は、奇怪な腫瘍に覆われていた。それを見るにつけても、こんなものをわざわざ作ったとは思えない。あれがなぜ死んだのか、それは一目瞭《りょう》然《ぜん》だ。全身を病に侵されて、生き続けることができなかったのだ。

女史は次々に新しい画像を呼び出した。切り取られた肺、心臓、腎臓《じんぞう》、脾臓《ひぞう》。変形してしまった胃袋、子宮。人間のものにも見えるけれど、どれも歪《いびつ》に変形しており、魚の部分に食い込んでいる。比奈子は胸が苦しくなった。この少女はなんなのだろう。それとも本当に人魚なのだろうか。

「見たかい？」

女史は比奈子に訊《き》いたのだが、御子柴も、両手で口を押さえたまま、うんうんと大きく頷《うなず》いた。

「皮膚組織はもっと調べる必要がある。少なくとも、エラや耳は外科的な処置で形成されたといえなくもない。魚と人体の結合部分は人為的にも見えるけど、死後にくっつけただけとは思えない節もある」

「可能性として、どんなことが考えられるんでしょう」

死神女史は椅子を回して比奈子を見上げた。

「死体はエンバーミングを施されていたようだ。頸部《けいぶ》に小切開の痕《あと》があり、腹部にトローカーの穴もあったから」

「トローカーって、なんですか？」

「金属製の管だよ。腐敗しやすい体液や血液を抜き出して、代わりに防腐剤を注入すると、遺体の腐敗を遅らせて、五十日程度までならそこそこ形状を保つことができる。でも、結局はホルマリンで固定してアルコール溶液に浸されていたようだから」

女史は眉間《みけん》に縦皺《じわ》を刻んで、こめかみを揉《も》んだ。

「標本として保存する段階だったと思うんだ。そう考えると、あまり古い遺体ではないかもしれない。死後一ヶ月から一年以内というところかな。さっきも言ったけど、人為的に加工された人間の遺体だと、あたしは思っているんだよ」

ガタガタガタッとテーブルを揺らして御子柴は出口に走り、そのままドアを押し開けて廊下に飛び出して行った。女史はポケットから煙草を出して、

「やれやれ」と、頭を振った。

たものだこと」

「木偶《でく》の坊の後釜《あとがま》があれなのかい？　厚田警部補も、とんでもないのを押しつけられ

そう言いながら煙草に火を点《つ》け、ゆっくり吸い込む。

その横で、比奈子はモニターを睨《にら》んでいた。

「癌患者の遺体を魚と合体させたってことですか？」

「単純にそうとも言えないから困ってるんだよ」

女史は次に3D造影の画像を出して比奈子に見せた。

「解剖する前に撮った画像がこれなんだけどね。いたずらに半人半魚を作っただけとも思えない。例えば背骨と背びれは一体化しているようにも見える。肺も、完全に人間の肺かと言われれば少し違う。エラは気道に通じているし、魚に見える下半身も、皮膚や筋肉の付き方が、魚のそれとはたぶん違う」

「いったい、どういうことなんでしょう」

「あたしの手には負えないってことさね」

そう言って女史は煙を吐くと、ポケットから小さな包み紙を出し、それをモニターの脇に置いた。

「なんですか？」比奈子が訊くと、

「あの子の髪」と、女史は答えた。

「遺体をセンターへ持ち込もうと思ってね。あそこには変態科学者がたくさんいるから、寄って集《たか》って解析してくれることだろう。でも、そうなったら、あの子の遺体はセンターから出てこられない。だからせめて、遺髪だけでもと思ってさ」

センターの正式名称は、日本精神・神経医療研究センターという。人体に関する総《すべ》てを研究している国の機関で、あらゆる研究者や専門スタッフだけではなく、研究協力もしくは研究対象とされる特殊犯罪者らが秘密裏に軟禁されている。独自で強固なセキュリティシステムを敷いており、検体を持ち込むことは可能だが、持ち出すことはほぼ不可能と言われているのだ。

比奈子は、ほんの一握りの小さな包みを見下ろした。死神女史はあの遺体を、なんだと考えているのだろう。遺髪を渡す遺族の存在、それは何を意味するのだろう。

「あたしが何を考えているか、話そうか」

女史は比奈子の頭の中を覗《のぞ》いたようにそう言った。

「人間にエラ呼吸させる研究は、実は結構進んでいてね」

唇の端に煙草を咥《くわ》えて、チョコレートの銀紙を剝《む》き始めている。

「本当に？」

女史はチョコレートを齧《かじ》りながら頷いた。

「水中には溶存酸素があるだろう？　魚はそれを漉《こ》し取って呼吸するんだけど、同じ原理で、特殊なマイクロファイバーで溶存酸素を漉し取って呼吸するという研究。酸素ボンベがいらない外付け機器の研究も進んでいてね。もっと進めて体内に内蔵させることができれば、人間は魚のように水中で呼吸できるようになるかもしれない」

「知りませんでした」

女史は数センチだけ吸った煙草を揉み消した。

「あの子を見て戦慄《せんりつ》が走ったのは、同じような研究が、すでにバイオテクノロジーの分野で進められているのじゃないかと感じたからだよ」

「まさか……センターで？」

「あそこはなんでもアリだからね。こんなこと、口に出しては言えないけれど」

「でも、そうだとしたら、遺体を持ち込むことは危険なんじゃないですか？　あの遺体がセンターから持ち出されたものだったりしたら」

「たぶんそれはない。紙切れ一枚持ち出すのも大変な施設だからね。でも逆に、そんな研究がもしも、進んでいるならば」

死神女史は言葉を切って、何事か案ずるように溜息《ためいき》を吐いた。

「センターに関しては、あたしも全部知っているわけじゃないんだし。もちろん、あそこでやばい研究が進んでいるなんて思いたくないけど」

女史はモニターの画像をすべて閉じ、パソコンの電源を落として立ち上がった。

「だから先《ま》ず、様子を探りに行かないかい？」

チョコレート一枚をあっという間に食べきって、せっかく片付けたデスクの上に、女史はまた包み紙のゴミを置く。

「まったくもって厭《いや》になる。潤沢な資金で人体改造の研究が進むのは、軍事目的に応用可能だからなんだよね。大金を生むセクションには潤沢な資金が動くのさ。でも、もしも。もしもあの子が本当に人体実験の被験者だったら」

女史は比奈子の肩をポンと叩《たた》いた。

「新米刑事じゃなくてもさ、あたしも反吐《へど》が出そうになるよ。事と次第によっちゃ、あたしは絶対に許さないから」

女史と一緒に部屋を出ると、御子柴がぐったりした様子で廊下にへたり込んでいた。何度も吐き続けたからなのか、顔色は紙のように白くなり、目の下に隈《くま》ができている。

「吐くだけ吐いたら水分補給したほうがいいよ。でないと低血圧症になるからね」

女史は御子柴にそう言って、スタスタと廊下を歩いて行く。

気怠《けだる》そうに立ち上がった御子柴に、比奈子は、

「先に署へ帰っていて。ガンさんに電話しておくから」と、言った。

「先にって、え？　先輩はどうするんですか」

「先生と行くところがあるの」

御子柴を残して数歩行き、比奈子は先輩刑事らしく立ち止まって、振り向いた。

「ただの水より、スポーツ飲料か、経口補水液を摂《と》るといいわ。一階に自販機コーナーがあるから」

呆然《ぼうぜん》とする御子柴をその場に残して、比奈子は女史を追いかけた。

第三章　図書室の鍵師

日本精神・神経医療研究センターへ向かうことにも、比奈子はようやく慣れてきた。センタービルは通りに面した巨大総合病院の陰に隠れており、建物の奥に広大な敷地とビルがあることは、空中から確認しないとわからないようになっている。比奈子は興味本位で地図アプリの空撮画像を調べたことがあるのだが、画像処理されて試験農場か公園のようになっていた。けれど、実際そこには特殊偏光ガラスで覆われたビルが建っており、内部で多くの人々が働いている。通勤スタッフや研究者だけでなく、施設に生涯囚《とら》われて、死後は死体農場《ボディファーム》の献体になる人々もいる。その何人かは犯罪者であり、彼らは司法取引もしくは刑罰の一環として収監されて、様々な研究に協力しているのだ。

比奈子が想いを寄せる中島保《なかじまたもつ》も、そうした犯罪者の一人である。

彼は犯罪未成年者の心理矯正に傾倒するあまり、脳を操作する研究に手を染めて、複数の快楽殺人者を殺していた。被害者らは、保が脳に発生させた腫瘍《しゅよう》のせいで、快楽殺人の衝動を自らの肉体で解消し、死亡した。生きた人間の脳を直接操作して自らを死に至らしめたこの事件は立件不可能で、それぞれ自殺として処理されたものの、保は危険人物と見なされてセンターに軟禁され、犯罪心理プロファイラーとして比奈子らの捜査に協力することで贖罪《しょくざい》の日々を送っている。

彼の協力によって比奈子ら猟奇犯罪捜査班は何件もの異常事件を解決してきたが、今ではその実績が認められ、セキュリティ強固なセンターへもカード式パスで出入りができるようになっていた。それでも比奈子は、素直に便利さを喜べない。なぜなら、自分がここへ来るときは、いつも保の心を疲弊させる壮絶な事件が絡んでいるからだ。

「久しぶりに中島医師にも会っていくかい？」

木のない中庭を歩きながら、女史が聞く。センタービルを取り囲む広大な庭は、監視しやすいように芝生だけしか植えられていない。その広い庭を歩く者はすべて監視カメラで記録されて保存され、機関のチェックを受けるのだ。

中島保の名前を聞くと、比奈子は胸のあたりがきゅっと痛んだ。二人の関係を知る死神女史は、真っ直ぐ前を見て大股《おおまた》で歩きながら先を続けた。

「彼が面倒見ているあの子だけれど、抜群にオツムがいいんだねえ」

「永久《とわ》君のことですか？」

児玉《こだま》永久というその少年は、中島保に預けられ、彼がもともと試みたかった未成年犯罪者矯正プログラムの被験者となっている。

「時々、中島医師が学力テストの結果を送ってくれるんだけど、点数だけなら恐ろしく取れるんだよねえ。でも、図画の分野は異様でさ。描く絵のパターンが決まってる。心が育つのは難しそうだよ。あたしは子育ての経験がないけれど、然《しか》るべき時に然るべき経験をしておくことって、大切なんだと思うねえ」

「然るべき時に然るべき経験を……ですか？」

「難しいことじゃないんだよ。例えば、赤ちゃんはなんでも口に入れちゃうだろう？五感を用いて世界を学ぶっていうのかな。ああいうことが可能なのは、見守ってくれる誰かがそばにいて、安全な環境で体感や経験を積み重ねていけるからだよね。愛してくれる誰かがそばにいるって、人間の根っ子を創ることなんだなって思う。子供は、だから自然に世界を広げていける。ティッシュを箱から抜き出したりさ、どろんこ捏《こ》ねたり、虫や小動物を虐《いじ》めたり、大人には不毛に思える行為にも、きちんと意味があるんだよ。あの子が描く絵は悪意に満ちてる。あたしにはそう見えるけど、中島医師は別の見方をしているよ。幼少期に体感できなかったあれこれを、精神の分野でトレースし直しているんだって」

女史は比奈子を振り向いた。高い頭脳と無感情を併せ持つ永久は、不完全強迫という障害を持っており、失敗すること、完璧《かんぺき》でないことを異様に恐れる。死神女史の言うとおり、然るべき普通の幼少期を、永久は経験し損ねたのだ。

「子供はもともと残忍で冷酷だ。可哀想とか惨《むご》いとか、そういう感情は大人から受け継いで芽生えていくもの。子供には死という現象を体感する時期があって、そうやって命の尊さを知るんだよね。どれだけやれば死んでしまうか、死んだら二度と生き返らないことも経験で学ぶ。胸がねじ切られるような絶望や、悲しみを繰り返してね。永久って子は、そこがスッパリ抜けていた。人間に手を下すのも、虫や小動物を殺すのも、同等に興味の範疇《はんちゅう》だったってことみたいだ」

永久は子供らしい無邪気さで、残忍に生き物の遺体を合体させて、神話上の異生物を創り出そうとした。自分の行為を隠すことなく、淡々と聴取に応じて大人たちを震《しん》撼《かん》させた。美しく儚《はかな》げな外見から、永久の心理を見抜くことは難しい。

あの人魚もそうなのだろうかと、比奈子は思う。永久と同じような発想を持つ者が、長じて技術を身につけて、生身の人間でそれをやったというのだろうか。

想像するだにおぞましすぎて、比奈子はぶるんと頭を振った。

前方に、箱みたいなビルが建っている。特殊偏光ガラスに空が映り込み、芝生ばかりの丘の上で、空間が長方形に歪《ゆが》んでいるようにも見える。

恐ろしい。と、ビルを見上げて比奈子は思う。

世の中は不思議ばかりだ。人間の心の闇はどれほどまでに深いのか。そしてまた、そんな時しか野比先生に会えない自分を情けなく思う。まんまるの黒縁メガネ、涙もろくてお人好しの中島保を、比奈子は野比先生と呼んでいる。彼と一緒に向かい合うのは、二人の未来なんかじゃ決してなくて、いつだって猟奇事件の解決だ。

センタービルは、入ってすぐが広い吹き抜けロビーになっている。職員らが食事や休憩をとる場所であり、空調の行き届いた室内で、ベンジャミンの大木が青々と葉を茂らせている。予約してセンターに来る場合、保は必ずベンジャミンの下でミルクティーを飲みながら待っているのだが、今日は彼に用があって来たわけではないので、保の席は空だった。死神女史は真っ直ぐカフェカウンターへ行き、ブラックコーヒーと、比奈子の為にクリームあんみつを持って戻って来た。センター内部での飲食はすべて無料だが、それはもちろん現金すら持ち込めないからであり、注文の様子も飲食中の会話も、すべてコントロールルームで監視されているのだった。

丸いテーブルに向かい合い、女史は自分のコーヒーを飲む。

「このあと、あたしは話を通してくるよ。ここには海洋生物の研究者がいるらしいから、先《ま》ずは晩期遺体現象の研究者スサナと会って、その研究者を紹介してもらう。それから相手に事情を話して、遺体をどこへ運べばいいか聞いてくる」

「検死には先生も立ち会うんですか？」

クリームあんみつに黒蜜《くろみつ》をかけながら、比奈子は訊《き》いた。

「残念ながら、あたしにできることは、もう、あんまりないと思うんだよね。主観で言うと、魚の部分は鮫《さめ》やイルカの皮膚みたいだった。それに鱗《うろこ》模様をつけた感じ。専門家が見ればもっと詳しいことがわかるだろうし、今日のところは方向性を決める程度になりそうだけど」

「ガンさんには、どう言っておけばいいですか？」

「怪しい死体が見つかったことと、あたしが疑問を持っていたと伝えるしかないよねえ。まだなにひとつ、わかったことがないんだからさ」

「そうですね」

「あのさ」

女史は比奈子のほうへ身を乗り出してきた。

「一時間後にまたここで待ち合わせて、センターを出よう。あんたは中島医師のところへ行って、人魚の話をしてくれないかい？　彼もここに来て随分経つし、スタッフのカウンセラーをやっているから、適切な研究者の情報を持っているかもしれない」

「わかりました」

比奈子はあんみつを頬張りながら、ロビーの大時計を確認した。いつの間にか午後二時を過ぎている。どおりでお腹が空《す》くはずだ。

比奈子があんみつを平らげるのを見守ってから、女史はロビーを出て行った。


中島保の研究室は、ロビー裏口から中庭を抜けた先の四階にある。突然の訪問は初めてなので、比奈子は少し緊張した。

保に会う予定がなかったので、ファッションも、ヘアスタイルも、メイクすら気を遣って来なかった。センターではトイレにも監視カメラがあると死神女史に聞いてからは、洗面所にも寄る気がしない。中庭へ抜ける自動ドアに自分を映して髪を整え、両手でほっぺたを叩《たた》いてから、顎《あご》の肉を伸ばしてみた。何をやっても、突然美人になったり、見栄えがよくなることはない。

監視チェックが済んで自動ドアが開いたので、比奈子は日差しが降り注ぐ中庭を抜けて、別棟の四階へ上がった。

保の研究室はカウンセリングルームを兼ねているので、もしかしたら相談者がいるかもしれない。その場合は再びロビーへ降りて行き、昼食をとりながら死神女史を待つことになる。でもせめて。と、比奈子は口角を上げてみた。ひと目だけでも野比先生に会えるなら、それはとてもラッキーなことだ。

センター内には人っ子ひとり見かけない棟もあるのだが、この棟ではスタッフや研究者らが頻繁に廊下を行き来していた。全員白い服を着ているので、ダークスーツの比奈子が来訪者であることはすぐわかる。それでも行き交うときに会釈してくる者はなく、誰も彼もが素っ気ない。透明人間になった気分で、『TAMOTSU』と書かれたドアの前に立ち、深呼吸して、ノックした。

「はい」

何ヶ月ぶりかに聞く保の声に、比奈子はブラウスの襟を直した。

カチャリとノブの音がして、隙間から保が顔を覗《のぞ》かせる。

「え……」

呟《つぶや》くなりドアは閉じ、すぐさまドアは全開した。

「比奈子さん？　どうして」

まんまるメガネに長めの前髪。タートルネックに白衣を羽織って、保はドギマギと立ち尽くす。背後の部屋に人影はなく、カウンセリングルームのテーブルに、書類らしきものが散らかっている。

「突然すみません。少し、いいですか？」

「え、ああ、もちろん、もちろんです」

焦ったように保は言って、比奈子が入りやすいようドアに背中をくっつけた。自分が先に部屋に入って、来客を招き入れるという発想はないらしい。

目が眩《くら》むほど白い室内は、大きな窓の向こうに澄み切った空が広がっている。比奈子が入ると保はようやくドアを閉め、慌ててテーブルの上を片付けた。散らかっていたのは画用紙で、様々な絵が描かれている。おそらくボディファームだろうか、腐った人間を執拗《しつよう》に描写した絵が見えて、永久が描いたものだろうかと比奈子は思った。

「お仕事中でしたか？」

「ええまあ。でも、全然大丈夫です」

保はメガネをずり上げて、白い歯を見せた。また少し、顔つきが精悍《せいかん》になった気がする。ドラえもんののび太みたいな丸メガネと、濃い栗色の髪はそのままだけど、会う度に時間の経過を感じてしまう。毎日会えたら気付くことのないわずかな変化。けれど数ヶ月に一度程度しか会えないから、互いの変化に心が騒ぐ。

「どうぞ座って。何か飲みますか？　あ、ここには何もないんだった」

うっかりしたというように、保は頭に手を置いた。

「ロビーに行きますか？」

「いえ。ここで」

比奈子はカウンセリングルームのソファに座った。

「永久君は？」

隣接する研究室を見ながら訊くと、保は、

「金子《かねこ》君のところです」と、答えた。

画用紙の束をデスクに載せて、自分もカウチに腰掛ける。正面ではなく斜めの位置に座るのは、心理学的見地からいって、会話がスムーズに運ぶからららしい。

「金子君って、どなたです？　永久君にお友だちができたんですか」

他には誰もいないのに、比奈子は室内を見回した。センター内部のことはよく知らないが、ここに永久と同年代の子供がいるとは思えない。そんな彼にも友人はできるのだろうか。

「お友だちと言えるかは、微妙かな。でも、永久君が変化していることは確かです」

保は優しげに微笑んで前屈《かが》みになり、膝《ひざ》に置いた両手の指をゆったり絡めた。相手から話を聞くときに、いつもする同じポーズだ。

「金子君は自閉症を持つサヴァンの青年で、コンピューター言語の解析や、データ記憶能力がずば抜けているんです。目にした情景を瞬時に記憶してイラストに起こしたり、視覚から入った情報をそのまま脳にストックする能力があります」

「凄《すご》いんですね」

「比奈子さんが耳から入った情報をイラストで記憶するのと似てますね」

「私のは、そんな凄い能力じゃないです。漢字が苦手だからイラストで描くというだけで、どちらかというと速記のイラスト版みたいなものだから」

何かを思い出したように、保はくすっと笑った。

「今も捜査手帳に、マンガばっかり描いていますか？」

「はい。東海林先輩は落書きって笑うけど、あれはきちんとしたメモですから」

「データをディスクに焼き付けるのと似てますね。比奈子さんの記憶回路は」

そのまま少し沈黙がよぎった。

保のメガネに自分が映っているのを見ると、比奈子は切なさがこみ上げる。未来のない恋愛に、未来を求めたくなってしまうのだ。だからきゅっと唇を噛《か》み、ここへ来た理由を忘れないようにしようと考えた。そんな比奈子の気持ちを知る由もなく、保は明るい表情を見せる。暗闇の先に一条の光を見たような顔だ。

「永久君は、初めて、金子君に利己的でない関心を寄せているんです」

「利己的でない関心って、なんですか？」

保は立ち上がってデスクに行くと、さっき片付けた紙の束から、一枚を抜いて戻って来た。それには親指の先ほどの人間がみっちりと描かれており、よく見ると、ひとりひとりが詳細に描写されていた。野比先生がいる。晩期遺体現象の研究者スサナもいる。それに、これは……

「これ、もしかして私ですか？　それに、死神女史も」

比奈子が驚いて顔を上げると、保はゆっくり頷《うなず》いた。写真みたいに精密な描写だ。女史に比べて横幅の広い自分のボディラインすら、正確すぎて赤面する。

「ええ。驚くことに、スタッフだけでなく訪問者の姿も描かれています。これを描いたのが金子君です。彼は会話が苦手なので、訴えたいことがあると絵を描くのですが、あるとき、センターのスタッフから、金子君の様子がおかしいので診て欲しいと頼まれて、部屋へ行くと、全く同じ絵を何枚も執拗に描き続けていたんです」

その絵にどれほどの人数がいるのか、比奈子にはよくわからなかった。数百人だろうか、千人近いか。保の絵を本人と比べてみれば、ゾッとするほど詳細に描かれているのがわかる。首にポチンと点まで打たれているのだ。点は保の頸動脈《けいどうみやく》直下に埋め込まれたマイクロチップを意味している。凶悪犯罪者の印であり、位置情報や生体情報をチェックする機能があるらしい。それどころか、万が一センターから逃亡すれば、致死量の毒が発射される仕組みになっているのだ。

「金子君の部屋はコンピューターだらけで、彼は四六時中、センターの監視映像を観ているようです。自閉症があるため限られたスタッフとしか交流しませんが、おそらく彼は、ここで起きているほとんどのことを記憶しているはずなんです」

瞬間、比奈子は別のことを考えた。それが本当なら、ここで人魚の研究がされているのかどうか、金子という人物は知っているということになる。

「金子君の聡明《そうめい》さは彼自身の内面にだけ向いていると、ぼくはずっと思ってきました。でも、それは間違いだった。彼は何かを伝えようとして、このイラストを描き上げたんです。ただ、会話が苦手で意思の疎通が難しいので、永久君は……」

保は画用紙の片隅に、後ろ向きで描かれた小さい人を指さした。

「これが永久君です。金子君は、永久君の愛らしい表情や仕草が本物ではないと見抜いていました。だから、ここに描かれた永久君は、表情のない後ろ向きです」

後ろ向きの永久はセンターのＩＤカードを斜め掛けしており、そこには小さな七味ストラップまでもがくっついていた。比奈子が永久にプレゼントしたものだ。

保の指は永久から離れ、真っ黒な人物を指し示した。

「あら？　顔がないですね。影みたい」

比奈子は画用紙全体を俯瞰《ふかん》して、

「他にもいるわ、何人か、黒く塗りつぶされている人物が」

と、画用紙を目の高さに持ち上げた。比奈子の顔が画用紙に隠れ、紙の裏側にある点状の汚れが保に向いた。金子が床でこれを描いたとき、鉛筆の芯《しん》で汚したのだ。

「その黒い人たちを、金子君は幽霊と呼ぶんです。永久君は影人間と」

「誰なんですか？　この人たちは」

「わからないんです。永久君が金子君のところへ入り浸るようになったのが、その影人間のおかげというか、そのせいなんです」

「これが誰か、訊《き》きに行ったということですか？　その喋《しゃべ》らない彼の許《もと》へ」

「ええ。そして不思議なことが起きました」

比奈子が画用紙から目だけ覗《のぞ》かせると、保は白い歯を見せた。

「永久君に不完全強迫障害があることはご存じですよね？　そんな彼だから、初めて金子君に会ったとき、ぼくは質問攻めに遭いました。永久君は不思議だったんです。喋らない、他人と目を合わさない、敢《あ》えて永久君の基準でいうと『無価値』であるはずの金子君が、永久君には理解できないコンピューター言語を自在に操り、あらゆる質問に答えうる知性をモニター上でみせつけてきたことが。金子君はコミュニケーションが苦手ですが、だからといって知能が低いわけじゃない。相手側に能力がありさえすれば、そして、彼自身が相手に心を開けば、体調や条件にもよりますが、モニター上に様々なデータを呼び出すことで相応の会話ができるんです」

永久をよく知る比奈子には、その時の永久の驚きと混乱が目に見えるようだった。

「大丈夫だったんですか、その金子さんという人は？　だって永久君は、興奮すると凄《すさ》まじい叫声を上げるじゃないですか」

「最初はトラブルになりました。永久君が叫び、金子君が怯《おび》え、スタッフが駆けつけて、ぼくが呼ばれ、ちょっとしたパニックになったんです」

そう言いながらも、保は楽しそうだった。

「センターで永久君が初めて起こした事件でした」

「それで？　それからどうなったんですか？」

「永久君の心の中で、何かが動きはじめたんだと思います。金子君のことがショックだったみたいで、永久君は疲弊して丸二日眠り続け、起きるとまた金子君のところへ行きました。不思議なことに、金子君も永久君を受け入れたんです」

「受け入れた。と、いうのは？」

「ぼくも心配でついていったけど、二度目の二人は互いが見えないみたいでした。それぞれの場所でそれぞれのことを、干渉せずにやっているんです。金子君はネット上の情報を端から暗記し続けており、永久君はぼくが出した宿題をやっている。金子君は気に入らない相手が室内にいることを嫌うから、ノーリアクションであれば相手を受け入れた証拠です。そんな日が何日か続いて、今はある程度意思の疎通ができるみたいです。永久君は、ここへ帰ってくると、延々と金子君のことを話してくれます」

「永久君が？」

保はゆっくり頷いた。

「たぶん初めてですよね。自分から誰かのことを語るのは。彼は金子君のおかげで知ったんです。障害があるからといって無価値なわけではないことを」

比奈子は画用紙をテーブルに置き、膝の上で祈るように両手を重ねた。じわじわと胸にこみ上げてくる熱い何かを言葉にするのは難しい。あの永久が、魂のないビスクドールみたいな少年が、無価値の定義を変化させた。

そのことはわずかな希望を比奈子に抱かせ、何度も彼を切り捨てたいと願った本心を揺り動かした。保は、環境と条件が整いさえすれば犯罪者の矯正は可能であると信じている。かたや比奈子が信じるものは、それを追究する保自身だ。もしかして野比先生になら、それができるのではないかということをのみ、信じてきた。

興味が向かえば殺人さえ厭《いと》わない永久に、生命の価値を教えることができるのか、比奈子はいつも不安だった。それが可能なら野比先生も救われる。そしてそれが不可能ならば、野比先生も地獄へ堕《お》ちてゆくのだろうと。

「それで……影人間の正体はわかったんですか？」

もしや影人間が人魚の事件に関わっているのではないかと考えていた。

「いえ、まだです。金子君の部屋ならセンター内部を監視できるから、永久君はイラストに描かれたひとりひとりを、スタッフ全員と照らし合わせるつもりです。もしも金子君の絵に描かれていない誰かがいたら、それは不明の来館者か、影人間ということになる。まさか本当に幽霊が出たなら、それまでだけど」

「永久君は、野比先生の役に立とうとしているんですね」

不意に口をついて出た言葉が、比奈子は正しいように思えてきた。永久は、保護者である野比先生に心を開き始めたのかもしれない。本人がそれに気付いているかは疑問だけれど。

「いや、まさか」保は頭の後ろに手をやって、

「もしもそうなら、嬉《うれ》しいな」と、はにかむように微笑んだ。

今度は比奈子の番だった。ソファの上でお尻《しり》をずらし、保を真似て膝《ひざ》の上で指を組む。『比奈子』から『刑事』にチェンジしたことを知って、保はメガネをかけ直した。

「お話が聞けてよかったです。と、いうのは、野比先生に伺いたいことがあって来たものですから」

ちょっと息を吸い込んでから、比奈子は真っ直ぐ保を見つめた。

「実は、石上先生も来ています」

「え」

「笑わずに聞いて欲しいんですけど、今日は私たち、石上先生のラボから直接ここへ来たんです。と、いうのも、上半身が人間の少女で、下半身が水生生物の姿をした、奇妙な遺体が見つかったからなんです」

保は訝《いぶか》しげに眉《まゆ》を寄せた。

「それはどういうことですか？」

「間もなく報道されるようなので言いますけど、遺体は狭山湖に遺棄されていたんで

す。防腐処理を施された形跡があり、その後ホルマリンで固定されて、アルコール溶液に浸けられていたんです。標本みたいに。石上先生が解剖したところ、少女の部分は癌に侵されていて、死亡原因はたぶんそれだろうということでした。下半身は、どんな生物なのかすらわからない状態です」

保は右手を口に置き、比奈子を見返して、

「殺人事件……なんですか？」と、訊いた。

比奈子は身じろぎもしなかった。

「それもわかっていないんです。と、いうのも、その遺体が実はなんなのかがわからない。それで、もし……」

そこまで言って、比奈子は、自分たちがどれほど恐ろしい犯罪を想定しているのか、改めて気が付いた。口にするのもおぞましいことを、自分たちは疑っているのだ。

「もし、そのご遺体が」

知らず膝に置いた手をぎゅうっと握る。

「人体実験されたものだったなら……私たちはそれを疑っています」

一息にそこまで言ってから、比奈子は傷ついた目で保を見た。

なんということだろう。人体実験をしていたのは野比先生だ。その動機が犯罪を減らすためだったとしても、生きた人間の脳を直接操作する実験を彼はしていたし、方法を変えて、今も研究は続いている。永久のような子供たちの魂を救うために。

比奈子は自分の言葉が保を傷つけたのではないかと恐れたが、保は表情を変えなかった。過去の犯罪を忘れてしまったというのではなく、何かもっと、毅然《きぜん》とした強さが彼を包んでいるように、比奈子には思えた。

「石上先生は、このセンターの研究者の中になら、遺体を詳しく調べられる人がいるのじゃないかと思っています。でも、遺棄された理由もわからないのに、ここへ持ち込んでいいのかどうか……」

「はっきり言うと、その遺体がここから出たものじゃないかと疑っている？」

痛いほどに両手を握って、比奈子は深く頷《うなず》いた。

「先生は、ここからあれを持ち出すことは不可能だと仰《おっしゃ》いました。でも、他にそんな研究施設があるとも思えなくて。でも、だから」

それから深く息を吸い、質問をまとめた。

「野比先生にご相談したかったのは二つです。一つは、あれをここへ持ち込むのが適切かどうか。もう一つは、持ち込む場合、どなたに検査を依頼できるか」

背もたれに体を預けて、保は静かに目を閉じた。

心の内は読み取れないが、比奈子はただ、答えを待った。保のデスクには、今もストロベリーキャンディーの包み紙が飾られている。それは保が過去に遭遇した凄惨《せいさん》な事件の記憶であり、そしてその事件こそが保を、生きた人間の脳を直接操作する実験に駆り立てたのだった。

包み紙を入れたフォトスタンドを眺めていると、やがて保は、

「そうですね。でも、実は」と、静かに言った。

「ここでどんな研究がされているのか、ぼくはほとんど知りません。友人もボディファームを監理しているスサナくらいで、彼女を知ったのも石上博士の紹介ですし、スサナのほうは、ぼくのことをただのカウンセラーと思っています。ここでは研究者同士の横の繋《つな》がりがほとんど無くて」

「でも、カウンセリングをしておられるじゃないですか？」

「カウンセリングといってもスタッフがメインで、特例として診るのは、金子君や、特殊な事情を持つ数人だけです。しかも彼らは研究者じゃありません。ここの研究者は自己の世界に埋没しているので、カウンセリングの必要がないんです」

「その金子さんはどうですか？　彼は監視カメラを観ているんですよね」

「うーん」

保は前髪を掻《か》き上げた。

「確かに彼なら……でも、さっき言ったように、金子君と会話するのは難しいんです。向こうが話したい時は別にしても、こちらの要求を受け入れてくれるとは思わない方がいい。無理に話を聞き出すことも不可能です」

「そうですか」

とてもいいアイデアだと思ったのに。比奈子はガックリと肩を落とした。

「話を聞くのは無理だけど……そう。例えば人魚の絵を彼に見せて、反応を確かめるとかなら、可能かもしれません」

「お願いできますか？」

「できるだけのことはやってみます。あ？　そうか……？」

突然何かを思い出したみたいに、保は立ち上がって、比奈子に手を伸ばす。

「比奈子さん。もう一人、ここの事情に詳しい人間に心当たりがありました。付き合ってもらえませんか」

比奈子は保の手を取った。手を取って、立ち上がってから、立つのに難儀な体勢だったわけじゃないと気が付いた。束の間感じた保の温もり、一瞬の間にそれは離れて、彼はドアの前へ移動していた。比奈子も慌てて後を追う。

部屋の外には、周囲に頓着《とんちゃく》することのない、白衣の人々が行き来していた。

「どこへ行くんですか？」

「図書室です。図書室といっても、デジタル検索をするブースと、書籍ブースに分かれているんですが、書籍ブースの管理人が情報を持っているかもしれないと思って」

「図書室の管理人さんが？　なぜですか」

「彼は図書室の本を端から読み漁《あさ》っているんです。読み方に鬼気迫るものがあって、両袖《りょうそで》に小石を詰め込む自殺者みたいにぼくには思える。蓄積し続けた知識の重さで溺《おぼ》れるつもりなのじゃないかって、本気で心配になってしまうほどです。どの棚にどんな本があるか、総《すべ》て頭に入っているから、どんな書籍がどれほどの頻度で閲覧されているかを教えてもらえば……」

「ここでどんな研究がされているのか、おおよその見当がつくということですね？」

廊下の突き当たりでエレベーターのボタンを押して、保は比奈子に頷いた。

「ええ。それに、『ここで』だけじゃありません。不穏な研究がどこかで為《な》されている場合、その情報もしくは情報が載せられている書籍を知っているかもしれません」

エレベーターに乗ると、保は比奈子を待ってドアを閉めた。

「その彼は右手の指が三本しかありませんが、驚かないで下さいね」

酷《ひど》いケロイドが残る手で階数表示を操作しながら、保は言った。手を見る比奈子に気が付いて、保は自分の両手を広げて見せた。

「彼と話すようになったきっかけが、この傷でした。傷痕が目を惹《ひ》いたんです」

俯《うつむ》いた保の口元が悲しげに歪《ゆが》む。そのケロイドの元となったキャンディー事件を、保は生涯忘れないことだろう。比奈子は何も言えずに、ただじっと佇《たたず》んでいた。手を取って慰めたい気持ちはあるが、できなかった。ほんの一瞬手が触れただけで、こんなにも切なさがこみ上げて来るのだから。

保はその手で首筋をまさぐり、マイクロチップの跡を隠した。

「管理人の首にもマイクロチップが埋まっています。昔は伝説の鍵師《かぎし》と呼ばれ、破れない金庫はなかったそうです」

「金庫破り？」

保は頷いた。

「奇跡の指を自分で切り落として、ここにいる。外に出ると家族や知り合いに迷惑がかかるから、生涯外へは出ないそうです」

保のその言い方から、何かとても悲しいことが彼の身に起こったのだろうと比奈子は思った。指を二本も切り落とし、もう金庫破りはできないとアピールしなければならないほどの出来事が。

「あだ名は鍵師。誰も本名を知りません」

エレベーターは地階で止まり、比奈子は保について外へ出た。

そこは中庭に沿った半地下の回廊で、奥に重々しい扉が見えた。中庭には研究用の植物が植えられているが、植物園から見えていたガラスの裏側が図書室になっていたようだ。回廊に風が巻くと、太陽に炙《あぶ》られた土の匂いと植物の匂いが漂って、いつかの夏にここで保と交わしたキスのことを、比奈子は突然思い出した。あれからどれだけ時間が経ったか。これからも、どれだけ時間は経つのだろうか。

前をゆく保の、頭ひとつ分高い背を見上げ、比奈子は泣きたいような気持ちになった。この人を知らなきゃよかった。そうすれば、会うたびこんな苦しい思いをすることはなかったのにと、ふと思う。でも、もしも保を知らなかったら、自分は刑事を辞めていた。猟奇事件の凄惨な現場に、留《とど》まることはできなかったはずだ。

風になびく白衣や、凛々《りり》しい背中や、ペタペタと鳴るサンダルや、日に透ける栗色の髪を、わずか離れた位置から目で追う自分をふがいないと責めながら、比奈子は、それでもやっぱりたまらなくこの人が好きだと思った。好きという気持ちは変えられない。それがどんなに辛《つら》くても、実らぬ恋だとわかっていても。

「ここです」

重そうな扉の前で、保は比奈子を振り返り、並ぶのを待って扉を開けた。

外光に慣れた目に内部は酷く薄暗く、扉が開くと、紙とインクと埃《ほこり》の匂いが鼻腔《びこう》を満たした。扉と同じくらいに重々しい匂い。八王子西署の資料室を、百年くらい古くした匂いだ。入ってすぐの場所にカウンターと長いテーブルと椅子があり、テーブルに置かれた検索機器で、何人かが情報を閲覧していた。管理人を呼ぶにはカウンターの小さなベルを鳴らせばいいと言いながら、保はベルを鳴らさない。

奥が一段高くなって、そこにもテーブルと椅子があり、暗さに慣れた比奈子の目に、高さ三メートルほどの書架と、さらに高い壁状の書架が見えてきた。ボタンひとつで上下に移動し、自在に本を取り出せるのだと保が言う。彼は比奈子を連れて奥にゆき、中二階のようになった場所で、書架の隙間にいる男に声をかけた。

『鍵師』は、痩《や》せて背の高い老人だった。白い服ばかりのセンターにあって、紺色のワイシャツにオリーブ色のエプロンを掛け、ボサボサの長い髪、鼻の上に載ったロイドメガネ、肌は浅黒く、白髪交じりの髭《ひげ》を蓄え、猫背の背中から覗《のぞ》き見るように振り返る仕草が白黒映画の魔法使いのようだった。

「……ああ……先生……」

声もまた、気道に穴があるように不鮮明で、スカスカと異音が混じるものだった。

保の隣で比奈子がペコリと頭を下げると、鍵師は頷《うなず》く程度に首を振った。

「何を探すね？」

「本じゃなくて人を。もしくは情報を」

保が半歩進み出ると、鍵師は喉《のど》にタンが絡んだような声で笑った。

「冗談を……ここは図書室だ。知っているだろうが……人探しなら、他でやるがいい
……情報が欲しいなら……本を読むことだ」

それきり二人に背を向けて、彼は自分の仕事に戻ってしまった。背表紙を親指でなぞりながら（鍵師の右手には人差し指と中指がなかった）、本を引き出して乾いた布で拭《ふ》き、また戻す。それを次々繰り返す。

「人造人間の創り方を書いた本はありますか？」

比奈子はそっと訊いてみた。

「……たとえば……どんな……？」

丁寧に埃を拭き取りながら、背を向けたままで鍵師も訊いた。

「上が人間、下が魚というような」

「はっ」

と、彼は鼻で嗤《わら》って、ぐるりと比奈子を振り向いた。ロイドメガネの奥で猛禽類《もうきんるい》のような瞳《ひとみ》が光る。

「それは人造人間じゃなく……人魚、もしくは水棲人《すいせいじん》……英語でマーマン、アプカルー、もしくは……イプピアラという妖怪《ようかい》……世界中に、似た話がある」

「ええ。でも、それらが作為的に創られたものだというような文献はありますか」

「剝製《はくせい》のことか？……江戸期に……日本から海外へ輸出されていた………」

「いえ。彼女が言うのは、もっと専門的な話です。例えばですが、バイオテクノロジーを駆使して、異生物間の混血、もしくは新種の人類を創り出すというような」

鍵師は首を傾けて本を拭く作業を止めると、書架に背中を預けて振り返った。

「胚《はい》を操作して……？」

「あるんですか、そんな本」

思いがけず大きな声が出て、比奈子は慌てて口を覆った。鍵師が咎《とが》めるように比奈子を睨《にら》んで親指を立てる。

「本じゃない……誰にも相手にされなかった……論文だ」

「書いたのはセンターの学者ですか？」

囁《ささや》くような声で保が訊《き》くと、鍵師は嗤うように唇を歪めて二人を手招いた。

連れて行かれたのは、簡易製本された書類が保管されている資料室のような一角だった。大型の設計図面のようなものから写真ファイルまで、厚みも形状も様々な書類が、それぞれの棚に差し込まれている。鍵師は口の中でブツブツ呟《つぶや》くと、エプロンのポケットからリモコンを出した。操作すると棚は複雑にスライドし、やがて一段が降りてきた。止まった棚を親指と薬指で指しながら検索し、しばらくすると鍵師は、一冊のファイルを抜き出した。

「愚か者の妄想劇」

と、鍵師は言いながら、それを保に手渡した。

「そんな題名がぴったりだ。書いた者が誰で……どうしているかは……わからない。だが、センターに、著者はいない。それは確かだ」

それは個人の論文を本の形にしたものだった。著作者は空欄で、『ドクターA』と鉛筆書きのメモがある。ページをめくると、いきなり不気味な肉塊の写真があった。

「なんですか？」

眉《まゆ》をひそめて比奈子は訊いた。

「奇形腫《しゅ》だ」

フイゴのような声で鍵師が答える。

「キケイシュって？」

答えの意味すらわからない比奈子に、横から保が補足する。

「テラトーマという癌の一種です。ぼくもあまり詳しくないですが、嚢包《のうほう》の内部に髪の毛や歯など、人間の様々な部位が含まれることから、奇形腫には、どんな部位にも変化できる万能細胞が含まれているんじゃないかと言われているんです」

保は論文の章分けと導入部分を確認した。

「奇形腫の研究を突き進めることで、骨や皮膚の変異の原因を探り、それをデータ化して胚にプログラムしようという研究のようですね」

「動物実験ではすでに……人為的に過誤腫を発生させることに成功したと、書いている……だが、それを読むと、研究のベクトルは……狂った方向へ向いている。著者を支援する者はいない。排斥された論文だ」

「カゴシュって、なんですか？」

またも比奈子が質問し、今度は鍵師《かぎし》が答えた。

「骨、内臓……皮膚……あらゆる部位に奇形を生じる遺伝子異常だ」

「比奈子さんは『エレファント・マン』という映画を知っていますか？　作品のモデルとなったメリック青年の病が、それだったのではないかと言われています」

比奈子はようやく、それがどんな症状をもたらす病なのか、想像がついた。メリック青年は幼少期にこの病を発症し、体の様々な部位が変形してしまった。わずか二十七歳で数奇な運命を閉じた後、この異様な病の謎を解いて欲しいという本人の遺言により、遺体は標本にされたと聞いたことがある。

「……遺伝子異常で部位が変化するのなら……肉体はデザインできると、この著者は思ったのさ」

「奇形腫にあるかもしれない万能細胞を使って？」

「万能細胞の変異システムをプログラムした胚を使って……だな」

それがどういうことなのか、比奈子にはよくわからなかったが、限りなく怪しい匂いを刑事の本能は嗅《か》ぎ取った。

「その研究、そのあと、どうなったんですか」

鍵師は首を振った。

「わからん……その手の書面はそれだけだ。書面がなければ知りようもない」

話しながら鍵師は目を細め、首をゆっくり左右に動かす。緩慢でわかりにくい動作だが、さっきから比奈子は気になっていた。わずか数ミリ、彼の頭部は前後左右に傾いでいく。深い皺《しわ》に覆われた瞼《まぶた》の奥でまた瞳が光るのを見た時、比奈子はふと、彼はまだ、今も鍵師なのではないかと感じた。

「その論文、私に読ませてもらえませんか」

比奈子は鍵師に頼んでみた。

「構わんさ。ここはセンターの図書室だ……俺のものなど……なにひとつ無い」

命さえもね。

鍵師がそう付け足したように思われたとき、比奈子はなぜか、三本しか指のない彼の右手を握っていた。

咄嗟《とっさ》の行動に自分でも驚いたが、鍵師も驚いたようだった。彼の手は紙のような手触りで、体温を感じない。比奈子はもう片方の手も添えて傷ついた手を包み込み、独り言みたいに、「ありがとう」と、囁いた。

ありがとう、それでも生きていてくれて。

ありがとう、あなたがここにいてくれて。

心の中で呟いてから、握った手を静かに放し、比奈子は論文をテーブルに運んだ。思いがけずそうしてしまったのは、一瞬、鍵師が野比先生に重なったからだ。

テーブルに置いた表紙を見つめ、ぎゅっと目を閉じて、深呼吸する。

ここへは仕事で来てるのよ。自分に言って、目を開けて、タイトルと小見出し、文章の中で気になった部分だけ、口の中で読み出した。左手でページをめくりながら、右手の指でイラストを描く。指はテーブルをなぞるだけだが、それでも比奈子は頭の中で、象、肉腫《にくしゅ》、米粒（の胚芽《はいが》）、試験管、バナナ、人間の耳が生えたマウスなど、架空のイラストを描きながら、論文の大筋を記憶した。

「……なんだ、あの娘は」

比奈子の小さい背中を眺めながら、鍵師は自分の右手を拳《こぶし》に握った。

「人間型記憶ディスクかな。彼女の場合は先天的な能力じゃなくて、愛と使命感と情熱が原動力なんですけれど」

保の答えが期待したものとは違ったのか、鍵師は苦笑しながら、また訊いた。

「それで？……先生は何を探してる」

「たぶん、あなたと同じものです」

「はッ」

両目に鋭い色を滲《にじ》ませて、鍵師は嗤《わら》った。

「生意気を言うな。俺が……何を探しているって」

「塀の外に置いてきてしまったものかな。もう二度と手に入らないもの。命を賭《か》けても守りたいものです」

鍵師は握った拳を見下ろして、肩こりを治すかのように首を竦《すく》めた。

図書室はいつも静かだ。空気は動かず、気温も照明も変わることなく、誰かが本をめくる音か、咳《せき》くらいしか聞こえない。来る日も来る日も同じ時間が、埃《ほこり》みたいに積もっていく。幾万の知識を蓄えようと、それを使う術《すべ》はなく、それを喜ぶ人もない。

「今までは……か」

鍵師は自分に呟いて、図書室の仕事に戻って行った。


一時間の短さを、比奈子は最近しみじみ感じる。保と一緒にロビーへ戻ると、死神女史はすでにいて、テーブルに食べ残しのサンドイッチと空っぽのコーヒーカップが載っていた。

「遅刻だよ。二十分」

と、責めるでもなく女史は言った。イライラするのは食後の一服ができないからで、二人のせいでは決してない。それがわかっているから、女史は会釈した保に微笑みかけて、

「どうだい、最近の、あの子の様子はさ?」

と、静かに訊《き》いた。

「永久君なら元気です。急に背が伸びてきて、新しい服を申請しています」

「そう。あっちのほうは？」

あっちのほう。と、女史が言うのは、保が永久に施している心理矯正治療のことだ。

「比奈子さんにお伝えしていますから、お聞きになって下さい」

「そ」

と、女史は比奈子を見て、

「じゃ、行こうか」

と、立ち上がった。

「近いうちに、また来ることになりそうだ。ところで身辺に変わりはないかい？　中島医師の身辺にはさ？」

保は不思議そうに小首を傾げた。

「いえ、特には。どうしてですか？」

「変わりがないならいいんだよ。悪かったね、邪魔をして」

女史がロビーを出るときに、比奈子は保を振り向いた。一瞬互いの視線が絡んだが、それは会釈と共に儚《はかな》く消えて、比奈子もロビーを出て行った。頭の中で、論文を記憶するために描いたイラストの数々が、保の丸メガネの残像と場所を争う。それでも比奈子は振り向かず、ただ真っ直ぐに五月の庭を突っ切って行った。


駐車場へ戻ると、車内に残したスマホから、けたたましく着メロが鳴っていた。比奈子と女史はそれぞれ自分のスマホを取ったが、申し合わせたみたいに着信が切れた。

「倉島先輩からです」「ハゲからだ」

比奈子と女史は同時に言って、それぞれリダイヤル操作をした。

「藤堂刑事。今どこですか？」

電話の向こうで倉島が訊く。

「石上先生と一緒です」

「なるほど……どうりでこっちでも、ガンさんが電話を取ったよ」

倉島はホッとした声で言った。

「何かありましたか？」

「うん。緊急事態だ。さっき東海林が電話を寄こしてね」

「藤堂。先生を連れて、すぐ練馬《ねりま》区○○へ飛んでくれ」

電話は突然ガンさんに代わった。当人と通話していたはずの女史は煙草に火をつけており、携帯灰皿を取り出すと、すまないねえと言うように比奈子に笑った。この元夫婦らは、どうしていつも比奈子を介して会話するのだろう。

「練馬区〇〇ですか？」

「おまえと一緒に出かけたはずが、先生に連絡が取れないと大学から電話があってな。検視要請が入ったそうだ。現場に光《ひかり》が丘《おか》警察署の捜査員が行っているはずだから、至急頼む。不法投棄の片付けに入った業者からの入電で……」

「猟奇殺人なんですか？」

「詳しいことはわからんが、遺体の一部らしきものが見つかったそうだ」

「わかりました。倉島先輩も同じ件ですか？」

訊くと電話は倉島に代わった。

「東海林の電話も、同じ内容だと思う。さすがに向こうは情報が早い。と、いうよりも、東海林は猟奇事件にばかりアンテナを張っているようなんだ」

「じゃ、やっぱり猟奇遺体なんですね？」

死神女史に要請があったということは、訊かずともそういうことなのだろう。比奈子は一瞬で緊張モードに達し、倉島の答えを待たずに、

「すぐ向かいます」と、通話を切った。

同時に女史も煙草を揉《も》み消して助手席に乗る。センターの駐車場を静かに出ると、比奈子はルートを確認しながらアクセルを踏んだ。

「厚田班へ来て何年になる？」

「三年です」

「早いものだねえ」

助手席で女史がしみじみと言う。

「初めてお嬢ちゃんを見た時は、危なっかしくてハラハラしたけど」

首を回してまじまじ比奈子を見ると、女史は、

「近頃はいっぱしの刑事になった」と、微笑んだ。

いっぱしの刑事とそうでない刑事、比奈子にはその差がわからないけど、三年前の自分とは、やっぱりどこか違うのだろう。それは進歩か、慣れなのか。当時の自分を駆り立てていた情熱が、今の自分にまだあるだろうかと考える。

情熱は、今もある。

「もっと、いっぱしになるつもりです」

自分の心を確かめてから、宣言した。

移りゆく景色の中に、比奈子は過ぎた三年間を探す。勤務地が二十三区ではない八

王子西署に決まってホッとしたこと。ところが、管轄区の違いなど、凶悪事件の発生には何の関係もなかったこと。活躍の場を求めて刑事になったのに、内勤業務が主な仕事で消沈したことや、それでも何か役立ちたいと、未解決事件ファイルを必死に暗記したことなど。わずか三年と思えないほど、様々な想いが脳裏をよぎる。

「センターの海洋生物学者と、話はできたんですか？」

いつもは車に乗るとすぐ寝てしまう死神女史が起きているので、訊いてみた。

「晩期遺体現象のスサナに相談してね、とりあえず、受け入れ先は決めてきた」

「適任者がいましたか？」

「やはり海洋生物学者と、他にも数人、適任者がね。と、いうよりむしろそれぞれ興味津々で嬉々《きき》としてたよ。他人のことは言えないけどさ、学者ってヤツは、どうにもこうにも、好奇心には勝てない生き物なんだよ」

「野比先生は、センターでどんな研究がされているか知りませんでした。ただ、永久君が最近興味を示している青年がいて、彼なら何が起きているか見ているはずだと」

「誰なんだい？　その青年は」

「サヴァン症候群の金子君という人らしいです」

「金子未来《みく》か。なるほどね」

「ご存じなんですか？」

「ご存じってほどのこともないけどさ。彼から話を聞き出すのは難しそうだね」

「ええ。でも、人魚の絵を見てもらうとか、何か工夫をして下さるそうで」

「絵なんかなくても、遺体が運び込まれてくれれば、彼はモニターでそれを見る。ふむ。中島医師にも遺体の搬入予定を連絡したほうがいいってことね」

「お願いします。それで……そのあと図書室へ行ったんですが、あそこで人造人間のような怪しい研究はされていないみたいです」

幸いなことに、道路は比較的空《す》いている。赤信号で車を止めると、女史は体を起こしてウインドウを少し開けた。

「図書室？　それで待ち合わせに遅れたんだね」

「すみません。図書室の管理人は博学なので、情報を持っているのじゃないかと」

「それはまた面白いところに目をつけたこと」

「アイデアを出したのは野比先生です」

「なるほど。それで？」

「お伝えしたとおり、センター内では収穫ゼロです」

「残念なような、よかったような」

ホッとしたように肩を落として、死神女史は、

「ん。でも、『センター内では』って？」

と、比奈子を見た。比奈子は前方を見たまま頷《うなず》いた。

「管理人が古い論文を見せてくれたんです。奇形腫《しゅ》の研究者が書いたものらしくて、著者の名前は空白でしたが、ドクターAと鉛筆でメモがありました」

「ドクターA……奇形腫の研究者……奇形腫から何を……」

女史は人差し指の背で鼻をこすって、

「iPS細胞かい？」

と、比奈子に訊《き》いた。

「私はそっち方面が全くわからないんですが、『奇形腫の研究を突き進めることで、骨や皮膚の変異の原因を探り、それをデータ化して胚《はい》にプログラムしようという研究のようです』と、野比先生が。『動物実験ではすでに、人為的に過誤腫を発生させることに成功した』と論文にあると、図書室の管理人が言っていました。研究のベクトルが狂った方向へ向いているから、著者を支援する者はおらず、排斥された論文、愚か者の妄想劇だと」

「その論文を読んだかい？」

「ざっと。なるべく記憶してきたかったんですが、難しい漢字や専門用語が多すぎて、上手《うま》く記憶することができませんでした。誰かが読み上げてくれれば覚えられたと思うけど、図書室では声が出せなくて」

「日付は？　いつ頃書かれたものだった？」

比奈子は頭の中で象のイラストを思い描いた。

「二〇一〇年でした。七年前です」

「七年前に胚細胞の研究を、ねえ」

「胚と人魚がどう絡むのか、私は全くわからないけど、何かヒントになりますか？」

「なる」

当然のように女史が言うので、

「え、胚細胞に何かすると、下半身が魚になるんですか？」

比奈子は思わず女史の方を見てしまい、慌ててまた前を向いた。

「ばっかだねえ。生物の組成や形成がそんな簡単に変わるわけないだろう。ただ、遺伝子操作した胚ってのにはピンと来た……」

それきり女史が黙ってしまったので、比奈子はこれから向かう現場の位置情報を確認した。不法投棄の片付けに入った業者から入電を受けたとガンさんは言ったが、カーナビで見るその場所は、山林ではなく、市街地の一角のようだった。

「間もなく臨場しますけど」

「ちょっと電話する」

女史はスマホで電話をかけた。相手は大学の助手のようで、人魚の遺体について何事か細かく指示をする。ようやく電話を切ると、女史は言った。

「可哀想な人魚は、全身が癌に侵されていたよね」

返事代わりにルームミラーに目をやると、鏡の中で目が合った。

「原因はそれかもしれないよ」

「それというのは？」

「論文を書いたマッドサイエンティストが実在したとして、異生物の遺伝子を持つ胚を健康な細胞に埋め込むような暴挙をしたら、細胞が癌化しても仕方ないってこと」

え？　と、訊くことさえできなくて、比奈子はただ息を呑《の》んだ。おぞましいと口にすることさえおぞましく、比奈子は別のことを言った。

「ホルマリン標本にされた遺体でも、細胞の検査はできるんですか？」

「難しい。ホルマリンで固定されていたってことは、組織が変質しているってことだから。でも、センターには最先端の特殊機器と、執念深い研究者が揃《そろ》っているから、データを検出できる可能性がある部位を、先にセンターへ届けるよう指示しておいた。大学でもやってみるけど、センターの研究者はオタク度が違うから」

前方が渋滞して来たので、比奈子は路肩に車を寄せて赤色灯を点《つ》けた。倉島や東海林ならともかく、背の低い比奈子が走行しながら赤色灯を設置するのは無理なのだ。サイレンを鳴らして市街地へ入る。

カーナビで見たとおり、そこはビル街の一角だった。ビルの間に古い家屋が残されて、それが撤去されたことで、間口が狭く、奥行きの広い更地ができることがある。入口をバリケードで塞《ふさ》ぐ程度だと、一つの放置ゴミをきっかけに不法投棄の温床となるのだ。こうした場所は都内各地にあると聞く。

片付け業者のトラックが、荷台に半分ゴミを載せた状態で駐車しており、周囲で警察官や鑑識が慌ただしく作業を続けていた。警備の警察官に手帳を見せて、規制線の中へ入っていく。

白手袋で待っていたのは、管轄区である光が丘警察署の捜査員だった。

「お疲れ様です。八王子西署の藤堂です。石上博士をお連れしました」

自己紹介すると、光が丘署の刑事も頭を下げた。

「自分は光が丘署の保内《やすうち》です。ありがとうございました」

保内刑事は顔の濃い三十代の男性で、部下を呼んで死神女史をブルーシートの奥へ案内させた。自分は残って手袋を取り、丁寧に名刺を渡してくれる。比奈子も自分の名刺を出した。

「藤堂刑事は、あの藤堂刑事でしょうか。お噂はかねがね」

と、保内は言った。

「数々の猟奇事件を解決されたと聞いていますが、まさかこんなお若い方とは」

比奈子としては思いきり謙遜《けんそん》したいところではあった。一人歩きしていく噂と、実際の自分に大きな開きがあることは、比奈子が一番よくわかっていたし、相手が落胆する様子にもすでに慣らされていた。それよりも、今は事件のほうが気にかかる。だからブルーシートの奥を覗《のぞ》き込むようにして保内に訊いた。

「何があったんですか？」

死神女史が呼ばれたということは、普通の殺人事件ではないはずだ。保内は比奈子の名刺をポケットにしまうと、再び手袋をはめ直した。

「どうぞ。藤堂刑事は慣れっこかもですが、うちではこんなの初めてで」

比奈子が手袋をはめるのを待って、保内は警備の警察官にブルーシートを開けさせた。内部はやはり細長い更地だ。敷地が密接しているために、間口以外の三面が、隣接するビルの壁で塞がれており、それぞれの壁は通風口程度の窓しかない。狭い敷地がゴミで占拠され、錆《さ》びて歪《ゆが》んだフェンスや、針金などの建築資材、家電製品、ゴミ袋、ポリバケツ、ブラウン管テレビ、原付バイク、誰が捨てて行ったのか大量の紙おむつや使用済みの便器まである。手前のゴミだけ分別されているのは、片付け業者が作業をしていたからだろう。そうしたゴミの谷間に検視官や鑑識官が集まって、屈《かが》み込んだ死神女史を取り巻いている。

「発見したのは便利屋で、土地が売れたので所有者に依頼されてゴミの片付けに来たそうです。敷地は奥行き十五メートル程度ですが、奥から三分の二がゴミで埋まった状態でした。遺体が出たのは手前から三メートルほどの場所だったそうで、ビニール袋に入れて放り込んだのが、作業するうちに転がり落ちて来たようです」

「バラバラ遺体だったんですか？」

「ホルマリン漬けの足でした」

ガンと頭を殴られたような気分だった。鑑識が敷いたシートの上を、比奈子は保内について行く。女史の検視を妨げないよう少し後ろで立ち止まると、そこからでも薬品の刺激臭が鼻をついた。

鑑識が広げたブルーシートに、半透明のビニール袋が載せられていた。袋を縛っていたらしきビニール紐《ひも》が、切られてだらしなく伸びている。女史が比奈子を振り向くと、隙間から女史の見ていたものが比奈子にも見えた。

小さな二本の足だった。きちんと爪があり、踝《くるぶし》も踵《かかと》も人間のもののように見えるが、皮膚の感じは違っていた。ふくらはぎが灰色に変色して、菱形《ひしがた》に皮膚がめくれているのだ。さらに、膝《ひざ》から大腿部《だいたいぶ》にかけて剝《は》ぎ取られたように皮膚がなく、筋繊維が剝《む》き出しになっている。細くて長い二本の足は、彩色前の人体模型のようだった。

比奈子と女史の視線が絡む。女史がわずかに体を引くと、さらに全容が見て取れた。

残された皮膚に見覚えがある。菱形が連なる灰色の皮膚は、人魚の下半身にされた魚の見た目にそっくりだ。両足を切断する前に大腿部の皮膚を剝ぎ取っておき、それを尾びれと縫い合わせたら……比奈子は久々に吐きそうになった。

「確認が終わったら、これを大学へ運んでおくれ」

検視官らに指示を出す死神女史の眉間《みけん》には、深い縦皺《じわ》が刻まれている。ラテックスをはめた指先で、彼女は死体の肉をなぞった。指先には悲しみが、視線には怒りが燃えている。比奈子は強くそれを感じて、自分が女史の反響板になった気がした。ああそうだ。昔も同じことがあり、その経験が私を刑事にしたのだと、比奈子は思った。死神女史は怒っている。殺されて、裸にされて、切り刻まれて、写真に撮られて、データにされる。それでしか無念を晴らす術《すべ》を持てなくなった被害者のかわりに、怒っているのだ。心から。

友人だった仁美が殺された日のことを、比奈子はまた、思い出していた。

第四章　ハーピーと爬虫類

　新たな部分遺体の検死を依頼された死神女史を大学へ送り届けて、比奈子が八王子西署へ戻ったのは午後七時過ぎだった。

「藤堂、お帰り」

　帰り支度をしていた清水が顔を上げる。『おま、お帰りちゃーん』という、東海林のふざけた声がないことにも大分慣れてきた。

「お疲れ。で？　どうだった？　光が丘署の案件は」

「はい。それが……」

　何をどう説明したらいいだろうかと考えながら、比奈子はとりあえずデスクに掛けた。事件の不穏さを体感してきたせいで、いつもよりずっと疲れている。こんなふうに疲れ切って署に戻ったとき、温かいお茶が出てくる幸せを、初めて期待したけれど、御子柴はいなかった。

「一口に説明するのが難しすぎて。とりあえず、覚えたことを忘れないうちに手帳にメモしていいですか？」

「どうぞどうぞ、報告は明日《あした》聞かせてもらうことにするよ。じゃ、お先」

清水は軽く片手を上げると、比奈子の後ろを通って帰っていった。捜査手帳に象や米粒の絵を描きながら、夕方のお茶を淹《い》れそびれたとふと慌て、そうだった、今日からそれは御子柴の仕事になったのだと、また思う。

「御子柴刑事は？」

「終礼で速攻帰ったけれど、ま、今日は許してやるしかないですね」

書類を書きながら倉島が笑う。

「東大から真っ青になって戻ってきたと思ったら、トイレとデスクを行ったり来たりで、荷物の片付けもほとんどできなかったようですし」

「そうか。それじゃ仕方がありませんね」

「それほどのご遺体だったってこと？　初めて腑《ふ》分けに立ち会えば、ショックというか、むしろ怒りで、数日は食欲をなくすものだけど」

むしろ怒りで。倉島の言葉に比奈子は激しく同意した。

「そういう意味で言うのなら、数日どころか数年食欲をなくすかもしれません。あまりにも、なんというか……酷《ひど》すぎて」

倉島は顔を上げ、メガネの奥から比奈子を見たが、すぐまた書類に目をやった。初めて立ち会う司法解剖がまともな人体ではなかったのだから、御子柴は独りで署へ戻れただけマシだったのかもしれない。彼の机は朝のままで片付いておらず、ゴミ箱には経口補水液のボトルが二本も捨ててあった。

「人魚を解剖していたというのは、本当だったたってことなのかい？」

「本当でした」

「それはまた面妖《めんよう》な話だね」

倉島が書類から顔を上げないので、悪戯《いたずら》だと思っているのだと比奈子は感じて、無性に腹が立ってきた。

「東海林先輩は奇形遺体の標本だと言ってましたけど、倉島先輩。ついさっき、練馬区○○の不法投棄現場で見つかったのが、腰から下の部分遺体だったんですよ」

「え、どういうこと？」

倉島はまた顔を上げた。

「さっぱりわかりません。でも、奇形遺体の標本じゃないことだけは確かです。上半身は十歳くらいの少女で、全身が癌に侵されていました。下半身には魚の尾びれがついていましたが、鱗《うろこ》に見えたのは鱗ではなく、鱗様の皮膚だった可能性があり、背骨が背びれのように変形していたほかに、両耳が退化してエラが形成されていたんです。ちなみに、練馬区で見つかったのもやはり子供の足で、皮膚に鱗様の変異があって、膝から上の皮膚が剝ぎ取られていました」

一気にそこまで言ってしまうと、ようやく比奈子は溜飲《りゅういん》が下がった。倉島に腹を立てたわけではないけれど、胸の内側から沸々と湧《わ》きあがる怒りをどうすることもできなかったのだ。倉島はペンを置き、中指でメガネを持ち上げた。

「同じ遺体と思うのかい？　同一被害者の、上下の遺体と？」

「可能性は、あるのかなと」

「つまり？　人体を上下で分解して、魚とくっつけたと？」

はっきり言ってしまえばそういうことになるのかもしれない。それだって十二分に異常な行為だが、解剖結果に鑑みて、比奈子はそれよりもっとずっとどす黒い、悪意の塊を感じていた。底冷えのする嫌悪感。命の尊厳に対する無限大の冒瀆《ぼうとく》を。

「死神女史の見解では、少女の死因は全身を癌細胞に侵されたことによる病死ではないかとのことでした。でも、耳やエラや皮膚など、異常の一部は、少なくとも死後に加工されたものではないようで」

「どういうことなんだ？」

死神女史と比奈子が今日何度も繰り返した言葉を、倉島も呟《つぶや》く。比奈子はようやく立ち上がり、倉島のデスクにマグカップがないのを確認した。

「お茶淹れますけど、飲みますか？」

「頂くよ。それよりも」

「どういうことなのか、現段階ではまったくわかっていないんです。ただ、少女の全身が癌細胞に侵された理由が、人体改造の為の人体実験にあるのじゃないかと死神女史は思っているみたいで」

倉島は右手でゆっくり口を塞《ふさ》いだ。何をどう解釈したらいいのか、わからないのだ。とりあえずお茶を淹れようと給湯室へ立って行くと、そこへガンさんが戻って来た。

「戻ったか、藤堂。ちょっといいか」

後ろには片岡と、ノートパソコンを抱えた鑑識の三木がいる。比奈子はお茶を淹れることなく、刑事課のブースへ逆戻りした。

「倉島も、ちょっと聞いてくれ」

ガンさんは打ち合わせ用テーブルに倉島を呼ぶと、

「清水は帰ったんだな。まあいい。清水と御子柴には明日話すが」

と、三木にノートパソコンを広げさせた。

神妙な面持ちの片岡が、三木の後ろに仁王立ちする。倉島が席を立って片岡の隣にやって来ると、ガンさんは咳払《せきばら》いをひとつして、

「猟奇犯罪捜査班に協力要請だ」と、言った。

猟奇犯罪捜査班は、まだ公式な組織ではない。醜怪な猟奇事件に立ち向かうため、死神女史が警視庁上層部に働きかけて組まれた試験的プロジェクトで、八王子西署の厚田班に本拠地を置き、鑑識の三木や、本庁へ異動した東海林、センターの中島保がタッグを組んで凶悪事件に挑んでいく。ただし、中島自身も犯罪者であったことからその正体は伏せられて、『犯罪心理プロファイラー』ということだけがメンバーには知らされていた。

猟奇犯罪捜査班に協力要請があったということは、管轄区を超えた猟奇事件に挑むということであり、厚田班は各署の裏方に回りながら広範囲の捜査をすることになる。その実績が公に称えられることはないが、少なくとも、八王子西警察署長の株は上がるらしい。

「藤堂が今日、先生のところへ行った件だがな、事件の詳細をざっと説明する」

三木がデータを呼び出す間、ガンさんは居残っていた厚田班の面々を見回した。

「五月六日早朝。狭山湖の貯水池管理棟近くで不法投棄があった。水鳥の写真を撮りに来ていた男性が気付いて、管理棟に連絡してきたものだ。男性は三十二歳の団体職員。遺棄とは直接関係ないことがわかっている」

「それが人魚の死体だったんですね？」

と、倉島。ガンさんは頷《うなず》いた。

三木のパソコンで画像ソフトが立ち上がり、遺体写真が次々に浮かぶ。さっきまで半信半疑だった倉島も、人魚の遺体を見せられると、さすがに息を呑《の》んだ。

「面妖と言わざるを得ませんな」

三木も倉島と同じことを言う。

東大の解剖室で比奈子が見たとき、人魚は痛々しく体内の空洞を晒《さら》していたが、ビニール袋から取り出されたばかりのそれは、おぞましくも耽美《たんび》的な美しさを湛《たた》えていた。灰色がかった皮膚の色も、てらてらと艶《つや》めく魚の部分も、閉じた睫《まつげ》も、半開きの唇も、仄暗《ほのぐら》い美を求める芸術家が捏《こ》ね上げた人形のようだ。見世物小屋で喝采《かっさい》を浴びる程に作りものめいて、そのことが比奈子をさらに不快にさせた。

「本物……の、わけはないよね」

独り言のように倉島が呟く。誰もが同じことを思うのだ。

「袋を開けたとき、激しい刺激臭がしたそうだ。今どきは特殊技術で本物そっくりの立体造形ができるからな、最初は悪趣味な悪戯だとも思われたんだが」

「体内をスキャンしたら、少なくとも少女の部分は本物だとわかったんです」

比奈子がガンさんを補足する。

「そういうことだ。で、死体は東大へ運ばれて、死神女史が司法解剖した。藤堂」

説明を求められ、比奈子は自分のデスクから捜査手帳を取って来た。ページをめくって、下手くそなイラストを確認する。

「死神女史はこう仰《おつしや》ってました。『死体はエンバーミングを施されていたようだ。頸《けい》部《ぶ》に小切開の痕《あと》があり、腹部にトローカーの穴もあったから』さらに、『でも、結局はホルマリンで固定してアルコール溶液に浸されていた』と。つまり、遺体は標本として保存する段階であり、そう考えると、あまり古い遺体ではなくて、死後一ヶ月から一年以内の、人為的に加工された人間の遺体ではないかと」

「人為的に加工された人間の遺体だぁ？　ふざけやがって」

同じ年頃の娘を持つ片岡の怒りは半端ない。

「なるほど。御子柴が真っ青になって帰って来るわけですね」

「悪趣味にも程がありますな」

三木も画像を睨《にら》んだまま、鼻の穴を最大限に膨らませている。下唇も突き出しているから、腹の底から怒っているのだ。

仲間たちが同様に怒りを覚えてくれたので、比奈子は胸が熱くなった。

「架空生物はバーチャルでこそのロマンです。その境界を易々と踏み越えるなんざ、人間どころかオタクの風上にもおけませんな」

「死神女史の見解では」

比奈子は手帳をめくって魚のイラストを確認した。人魚がうまく描けないので、魚の顔に、へのへのもへじを描いている。

「以下、死神女史の言葉通りですが、『いたずらに半人半魚を作っただけとも思えない。例えば背骨と背びれは一体化しているようにも見える。肺も、完全に人間の肺かと言われれば少し違う。エラは気道に通じているし、魚に見える下半身も、皮膚や、筋肉の付き方が、魚のそれとはたぶん違う』と。結局のところ、どういう経緯でどうなった遺体なのか全くわからず、女史はこの遺体を研究機関へ持ち込むようです」

「死因は病死だったよね」

今度は倉島が補足する。比奈子は頷いた。

「解剖の結果、少女は全身に癌を発症していたことがわかっています」

「さあ、そこだ」

と、ガンさんは顔を上げた。

「藤堂には練馬区へも飛んでもらったがな。練馬区の不法投棄現場に遺棄されたのは、これもホルマリン漬けの子供の両足だったらしいや。今さっき先生から電話をもらったところだが、足は癌に侵されているそうだ」

「同じ子供の足ってことかよ？」

片岡が怒ったような声を上げた。

「片岡、捜査に先入観は禁物だ。ホルマリン漬けはＤＮＡの検出が困難らしくてな。比較も難しいらしいんだが、人間の足であることは間違いないってことだった」

「やはり、猟奇殺人事件のようですなあ」

「だから我々に声が掛かったんだよ」

ガンさんはポケットからガムを出して噛《か》み始め、残りを三木から順繰りに回して寄こした。最後の一枚を取って七味を振りかけ、比奈子はそれをグルグル巻いて、口に入れた。横から倉島が手を伸ばし、比奈子の七味を取り上げる。片岡が、さらに三木までガムに七味を掛けると、彼らはガムをグルグル巻いて口に入れ、異口同音に、

「人間の食いもんじゃねえな」と、言った。

鼻を抜けるペパーミントと、舌を刺す七味の刺激はミスマッチ過ぎるけど、涙を堪《こら》えて噛みながら、彼らはじっと遺体写真に目を凝らす。必ず無念を晴らしてやると、仲間たちが写真に誓う心の声を、比奈子は確かに聞いたと思った。

「人魚の遺体が上がったことは、すでにSNS上で話題になっておりますな。よもや本物の人体が使われておったとは誰も思わず、反応が面白半分の興味本位といったところが救いではありますが」

三木はパソコンを操作しながら、ヒーハーと、舌を冷やすかのように口を開けた。

「八幡屋礒五郎の七味は絶品ですが、ガムとの相性は最悪ですな」

「まったくだクソ」

と、片岡は言って、まだ味のあるガムを包み紙に取った。

「藤堂、お茶くれや。鼻水が出そうだ」

そこで比奈子はいつものように、給湯室へ走っていった。

お茶を淹《い》れて戻ると、全員が三木のパソコンに張り付いていた。

頭を寄せ合って、何かを見ている。

「三木は、練馬の遺棄事件が発覚してすぐサーチを始めたらしいやな。オタクの執念ってぇヤツは、捜査の基本なのかもな」

比奈子に気付いたガンさんが立ち上がってお盆を受け取り、自分のいた場所に比奈子を座らせてくれた。モニターに未解決事件ファイルが呼び出されている。

「実はですな。過去に同じような事件があったのを思い出したのです」

「同じような？　どんな事件ですか？」

三木はファイルのひとつをクリックした。

『勝楽寺《しょうらくじ》登山道周辺山林における幼児下肢遺棄事件』と、お題目がついている。

「勝楽寺って、どのあたりでしたっけ？」

「狭山湖の近くですな。事件は六年前の八月。用を足そうと登山道から逸《そ》れて山に入ったトレッカーが、偶然骨を発見したというものです。見つかったのは大腿骨頭《だいたいこっとう》から下の足二本で、焼かれていたようですが、骨髄からDNAが検出できました。然《しか》してそのDNAが、ですな……」

三木は別のファイルを呼び出した。こちらは『東大和市《ひがしやまと》三歳女児行方不明事件』となっている。

「えっ」

比奈子は変な声を出してしまった。片岡も、倉島も、鬼のような形相でモニターを睨み付けている。つまり、そういうことなのだろうか。

「こちらの事件は七年前です。行方不明の三歳女児は、名前を佐藤《さとう》みほ子《こ》ちゃんと言いまして、青梅《おうめ》市から東大和市にある母方の実家へ遊びに来て、お祖母《ばあ》ちゃんが畑へ行くのを追いかけて家を出た直後、敷地から畑に至るたった十数メートルの間で行方不明になりました。ところが、母親が保管していたみほ子ちゃんの臍《へそ》の緒と、一年後に勝楽寺で見つかった骨髄のDNAが、ほぼ一致しておるのです」

「誘拐されて、殺害されて、一年後、その骨が山林で見つかったってことですか？」

「違いますな。而《しか》して、違うところが剣呑《けんのん》なのです。書類によりますと、勝楽寺で見つかった骨は、生焼けの皮膚から類推して、人体から切り離されて数日程度と記録されておるのです」

「発見されたのは足だけで、他の部位はどこからも見つかっていないんだとよ」

「低温で焼成されていたために、骨髄からDNAが検出できたわけですが、燃え残りの皮膚組織に貼り付いていた灰などを分析した結果、足は簡易焼却炉でゴミなどと一緒に燃やされたものだろうとのことでした。見つかったのが足だけであり、女児の死亡が確認できたわけでなく、捜査は表向き継続中となっております」

「七年前に三歳なら、今は十歳になっています。もしかして、人魚にされていたのがその子の上半身だった可能性もあるってことかしら？」

「わかりませんが」と、三木。

「ちょっと待て。その場合は、両足をホルマリン漬けにされた、別の誰かがいるってことにならねえか？」

片岡はガンさんのお盆から自分のコーヒーだけを取った。倉島が気を利かせて、お盆をそれぞれの前に出す。パンダ付きマグカップを手に取ると、三木は奥二重の目を胡乱《うろん》に細めて中身をすすった。

「どちらにしても、許せんですな」

「だとしたら、他の行方不明事件はどうでしょう。人魚は推定年齢十歳程度でしたから、ゼロ歳から十一、二歳くらいまで、ここ数年の行方不明事件を……」

「左様ですな。私もそう考えまして、過去十年間で未解決になっている子供の行方不明事件をまとめようとしたのです。が」

三木はまたグビリとコーヒーを飲んだ。

「子供の行方不明事件は、捜索願を出されたものだけでも年間二万件から三万件弱。未解決の行方不明事件も、相当な数になっております。さらに深刻なのは親元に居るはずなのに存在確認すらできない児童が数万人に上るという実態ですな。付け加えておきますが、これらは調査対象とされた児童においてのデータであり、出生届すら出されていない子供たちは数に入っておりません」

「まったく以《もっ》て世も末だ」

ガンさんはそう言ってお茶をすすった。

「行方不明児童の側から人魚の素性を知るのは不可能だってことですか？」

空のお盆が比奈子に回ってきて、比奈子はそれを胸に抱えた。

「残念ながら左様です。もしも人魚からＤＮＡが検出できれば、それを行方不明者のものと照合することは可能ですが、対象者が膨大である上に、そもそもＤＮＡサンプルの提出すらされていない子供の方が多いのですから」

丸いお盆を抱きしめて、比奈子はモニターを睨《にら》んでいた。死んだ人魚の顔がずっと脳裏を離れない。幼気《いたいけ》な顔には、恐怖も苦悶《くもん》の色も浮かんでいなかったが、だからこそ余計に恐ろしかった。

「そうか……」

比奈子は顔を上げてガンさんを見た。

「顔認識システムを使ったらどうでしょう。行方不明になった子供たちの顔写真を人魚の顔に重ねてみたら、特に耳の形は生涯変わらないと……」

人魚には、耳がなかった。

「ああ、そうか。人魚の耳は退化していて、ないのだったわ」

がっかりして比奈子が言うと、

「だがしかし、それは行けるかもしれませんぞ」

三木は細い目をキラキラさせて、顔を上げた。

「耳はともかく、DNAの照合よりは可能性がありますな。なんといっても捜索願に写真はつきものですし、関節および骨格の位置や比率は変化しにくいものですから、それぞれの特徴点を割り出して成長を考慮した試算をすれば、百パーセントとまではいかなくとも、ある程度の特定はできるかと。早速、手分けして照合を急ぎましょう」

「遺体は比較的新しかったのだから、行方不明時から逆算して、今年八歳から、十二歳くらいになる女児に絞り込めばいいということですね」

倉島が言うが早いか、片岡は清水に電話を掛けていた。

「早出しろと伝えておく。うちの班でパソコンに強いのは清水と東海林だったがよ、東海林はもういねえからな」

「御子柴君も強いはずです」

と、比奈子は御子柴の机に目をやった。彼の机にはオタッキーな周辺機器がダンボールに詰めて置かれている。

「いい機会ですから、新人にもやらせましょう」

倉島がクールに言った。

「では、先《ま》ずは佐藤みほ子ちゃんの写真からですな。照合してみて他人であれば、資料室にパソコンを準備して、月岡《つきおか》君にも応援させます。たとえ幾日かかろうと、被害者を割り出さずにはおきません」

鼻から炎を噴き出さんばかりに三木は言う。彼は後輩の新人鑑識官月岡真紀《まき》を熱心に教育しており、真紀もまた三木の姿勢から大いに学び、スゴ腕鑑識官としてめざましい成長を遂げていた。三木と真紀の二人なら、どんなに煩雑な捜査にも、音を上げることはないはずだ。

「もうひとつ、気になる情報があるんです」

やるべき事が決まったので、みなが席を離れないうちに比奈子は言った。

「東大の後、死神女史とセンターへ行って来たんです。検査のために遺体を搬入する手続きが必要だったのと、もう一つは、人体改造などの研究がどこかで行われている可能性を調べに行ったんですけれど」

捜査手帳をまためくり、象や米粒のイラストを見る。

「センターの図書室に保管されていた研究論文に、ちょっと気になるものがあって」

「気になるものって？」

倉島が訊《き》く。

「専門的なことはわからないんですが、異性物の遺伝子情報をプログラムした胚《はい》を使って、人体に突然変異を起こさせるというような論文です。奇形腫《しゅ》に含まれるらしきiPS細胞を研究していた人らしいんですけど」

「なんだ、そのキケイシュってのは」

ガンさんが聞くと、意外にも三木が頭を上げた。

「ピノコですな」

「きのこだあ？」

と、片岡が怒鳴る。片岡は腹が立つとますます言葉遣いが荒くなるのだ。子供が犠牲になっていることもあり、犯人に対する片岡の怒りは相当なもので、今では形相も物凄《ものすご》い。一方、片岡の怒りに慣れっこの三木は、鼻の穴を最大限に膨らませて仁王立ちする片岡を睨み返した。

「き、の、こ、ではなく、ピ、ノ、コ、です。敬愛する手塚治虫《てづかおさむ》大先生の、『ブラック・ジャック』という作品に出てくる女の子の名前ですな。奇形腫は、髪の毛や骨や脂肪など、開けてみなけりゃわからない様々なものが入っておる腫瘍《しゅよう》だそうで、ブラックジャックは人間一人分の部位が含まれておった奇形腫から、ピノコちゃんを生み出したのです」

「アッチョンブリケ」

と、比奈子は手を打った。

「あれが奇形腫だったんですね、ようやく腑《ふ》に落ちました」

「なんだかまったくわからねえが、その論文を書いた野郎が怪しいってんだな。どこのどいつだ、そんなものを書きやがったのは」

「片岡、まあ落ち着け。論文が罪になるわけじゃなかろうに」

ガンさんが片岡を宥《なだ》めるのを聞きながら、比奈子も椅子の上で姿勢を正した。

「残念ですが、著者のサインは空欄になっていて、ドクターAと鉛筆のメモ書きがあっただけでした。論文自体は二〇一〇年。七年前の日付で、正式に発表されたものでもないようで、愚か者の妄想劇と評されていたようです」

「しかし剣呑な話ですね。そんな論文が、なぜ、センターのような研究施設に保管されていたのでしょうか？」

倉島が静かに言った言葉に、比奈子は改めて引っかかりを覚えた。確かにそうだ。誰からも相手にされなかった愚者の論文、排斥された論文がなぜ、図書室に保管されていたのだろう。そういえば、もうひとつ……

「研究のベクトルは狂った方向へ向いているって、図書室の管理人が言ってたわ」

「なんですかな？　狂った方向という意味は」

「その研究者は生物の体を自在にデザインできるのではないかと考えていて、論文には、すでに過誤腫を発生させる動物実験に成功したとありました」

「今度はカゴシュかよ、なんなんだそりゃ、俺にはさっぱりわからんぞ」

「人体の様々な部位を変異させてしまう遺伝子異常だそうで、エレファント・マンのモデルになった青年が罹《かか》っていた病が、これじゃないかといわれているそうです」

「ふうむ」

と、ガンさんは顎《あご》を捻《ひね》って、静かにガムを吐き出した。

「中途半端な論文がセンターに保管されていたってことは、全く出鱈目《でたらめ》な内容だったわけでもねえってことか……つまり、先生は、被害者が人体実験に使われていたんじゃねえかと疑っていたってことなんだな。それでわかったよ。さっきの電話で先生がメチャクチャ機嫌悪かった理由が」

「そんな不埒《ふらち》な理由で子供が死んだとするならば、ぼくだって鬱《うつ》になりますよ」

倉島に同意するように、三木は鼻息荒くノートパソコンを閉じた。

「厚田警部補。なれば、ここからどうされますかな？」

「そうだなあ」

ガンさんは頭を掻《か》きながら考えていたが、とりあえず三木を鑑識に戻して、顔写真による特徴点の照合を頼んだ。三木のことだから、徹夜で作業をするだろう。

「俺たちは、その研究者ってのを当たってみるか」

「どうやって調べたらいいかしら？　所在も名前もわからないのに」

「とりあえず各大学の研究実績を調べてみますか」

倉島はそう言って、席に戻った。

「俺は頭脳派じゃねえからなあ。丸二日程度なら、聞き込みで足を棒にしてもへっちゃらなんだが」

片岡が申し訳なさそうに頭を掻いた。

「頭脳派でなくとも、書面の確認ならできるよな？」と、ガンさん。

「片岡は本庁の事件ファイルにアクセスして、幼児や子供に関わる事件を調べてくれ。児童の行方不明事件に限らず、赤ん坊や妊婦に関わる事件もだ。藤堂も頼む」

「あ？　どうして赤ん坊や妊婦なんです？」

ガンさんは眉《まゆ》をひそめてこう言った。

「電話で先生が言ってたんだよ。発見された足だがな、骨が腐っていたほかに、表皮の一部が鱗《うろこ》状に変質してしまっていたそうだ。先天的な病気を持っていたならともかく、あんな状態に変異するには、相応の時間が必要だろうってさ。あと、藤堂が言うように遺伝子レベルの異常をもしも、人体に引き起こそうとした場合、卵子を操作する方が早いんじゃないかと」

片岡は開いた口を閉じることができなかった。が、反対に比奈子は閃《ひらめ》いていた。

「なら、私は診療科目に不妊治療を掲げている産婦人科を調べてみます。病院なら妊娠前の母胎をコントロールできますし、精子も卵子も手に入りやすいはずですから」

するりと口から出た言葉に、比奈子は自分で戦《おのの》いた。片岡もまた知らない誰かを見るような目で比奈子を見ている。

「藤堂……すげえな、おめえ。いつの間にそんな冷酷無比な発想が出るようになったんだよ」

「だって」

比奈子はぎゅっと拳《こぶし》を握った。

「実験には大量の検体が必要だから、操作した受精卵を母胎に戻して、ある程度育ってから早産させて赤ちゃんを奪うとか、そんなふうにしなければ」

『検体』を手に入れることが難しいはずだから。

生命を『検体』と呼び切ってしまうことが比奈子にはどうしてもできなくて、中途半端に口をつぐんだ。

「……ビッグデータ分析捜査を真似るわけではありませんけど、産婦人科に関するサイトを丁寧に調べていけば、ヒントがつかめるかもしれません」

冷酷無比なのは私じゃない。比奈子は心で片岡に反論した。あの人魚。あの子が何をされたか見たからこそ、それをした誰かの冷酷無比さが身に染みるのだ。それは中島保がプロファイリングに用いる、『潜入』という方法に似た感覚だった。犯罪者の心に潜入し、その者なら何を感じ、どう考え、どんな行動を取るかを考えたに過ぎない。赤ん坊をさらうのはリスクが高い。幼児の誘拐もまた同じだ。最初は激情に駆られて誘拐したかもしれないが、やり方は次第に狡猾《こうかつ》になり、おぞましくも洗練されていったことだろう。だとすれば、研究者は事件になりにくい方法で検体を入手する術《すべ》を模索するようになったはず。

「とことん胸くそ悪い事件だが、とにかく真相を究明するのが先だ。藤堂には産婦人科関係を当たってもらう」

ガンさんはそう言うと、比奈子の肩をポンと叩《たた》いた。

「俺はちょっと出てくるよ。すぐ戻る」

ガンさんの背中を見送りながら、比奈子は仲間たちのお茶を片付けた。パソコン操作に不慣れな片岡は、真紀に警視庁の事件ファイルを呼び出してもらい、鑑識のブースで作業をするという。茶碗《ちゃわん》を洗いに行こうとすると、刑事課の電話が鳴った。

「はい、こちら組対《そたい》」

デスクにいた倉島が電話を取る。

「東海林か」

と、倉島が言うので、比奈子は足を止めた。

「ああ。え？　本当か……ちょっと待て……あっ」

倉島は自分のノートパソコンを操作して、息を呑《の》んだ。

打ち合わせ用テーブルにお盆を戻して、比奈子は倉島のそばに行く。モニターに浮かんでいたのは、人魚の遺体写真を含むSNSの書き込みだった。半透明のビニール袋に覆われて、水にたゆたう人魚の姿は、鮮明でないだけにセンセーショナルだ。

「どこからこんなデータが……」

情報は物凄《ものすご》い速さで流れて行き、人魚が消えたと思ったら、また浮かんだ。コピーされて拡散され続けているのだ。特撮で作られたエイリアン、張り子の妖怪《ようかい》から、人魚のミイラや河童《かっぱ》の剝製《はくせい》まで、ネットに様々な画像が上げられて、水が流れるように切り替わっていく。

「人魚の画像がきっかけで、化け物祭りになっているらしい」

受話器を耳に当てながら、倉島が比奈子に言った。

「東海林は本件の連絡役に任命されたそうだよ。情報があれば報告するようにと」

スピーカーホンにしてから倉島が受話器を寄こしたので、比奈子が取ると、

「よう」と、東海林の声がした。

「ネットを見たかよ？」

「今、見ています。どこから画像が流出したんですか」

「それな。第一発見者のアホらしいや」

受話器を肩と首に挟んで、デスクに尻《しり》を乗せながら、空いた両手で爪の甘皮を剝《む》く東海林の姿が、比奈子は見えるようだった。

「あとさき考えないバカったれだよな。そう思うだろ？　野郎、画像を動画サイトに上げてやがって、そっからあっちこっちに流れたんだよ。今は自粛してっけど、後の

祭りのお手上げ状態」

「どうするんですか」

「放っておくのが一番いいってのが上の見解。まだ事件にもなっていない案件だし、センセーショナルが過ぎて祭りになって、いろんな画像が載せられて、真偽の程も曖《あい》昧《まい》だしさ。けど、田中管理官が猟奇犯罪捜査班に協力依頼したってことは、あれってモノホンだったってことなんだよな？」

「死神女史はそう言ってます」

「だよな。んなわけなんで、俺もこっちからそっちに協力することになった」

こっちからそっちに協力って、どういう状況をいうのだろう。とりあえず比奈子は、「ありがとうございます」と、頭を下げた。

「あのさ」

東海林は真面目な声を出した。

「プロファイラーの先生に、聞いてみてくんねえかな」

「聞くって、何をですか？」

「いやさ、人魚を創った動機とかそういうんじゃなくて、あれをゴールデンウィークの真っ最中に、狭山湖に捨てた心理ってどうなんかなって」

たしかに。と、比奈子は受話器を握った。確かに東海林の言うとおり、あれはなぜ、狭山湖に捨てられなければならなかったのだろう。

「俺は俺で、変な組織がないか調べているから」

「変な組織って？」

「だって、子供と魚をくっつけるとか、そのサイズをホルマリンで漬けてたとかさ。オツムの異常性はおいておいても、ボンドで留めるのとわけが違うんだから、ただの変態じゃないってことだろ？　それなりの施設も資金も必要だぞ」

「そういえば、死神女史も軍事目的の人体実験なら予算が湧くみたいなことを言ってましたけど」

「そそ」

と、東海林は短く言った。

「そーゆーのって公安の仕事なのかもしんねーけどさ、そこがなんか、ヤな感じじゃね？」

比奈子は東海林の言わんとすることがわかった気がした。昨年のクリスマスにも、公安がマークしていた人物が大量殺人を犯す事件が起きている。首謀者は海外に逃亡したが、タヒチで豚の餌になっていたという話もあり、事件は謎を残したまま、一応の解決を見た形にされていた。

「東海林先輩は、何を考えているんですか」

「別になんにも」

と、東海林は鼻を鳴らした。

「ただ俺は、女の子が犠牲になって、未来の美女人口を減らした罪だけは、きっちり償わせるつもりでいるんだよ」

冗談めかして答えながらも、その声には激しい怒りが混じっていて、比奈子は胸が熱くなった。本庁と所轄に分かれていても、自分たちはチームなのだと思う。せっかくそう感じていたのに、

「んじゃ、またな、お疲れちゃーん」

と、軽ーい感じで東海林は言って、電話を切った。

「あいつ、警視庁で大丈夫なのかな」

倉島はひとつ溜息《ためいき》を吐いて、モニターに流れ続ける画像を消した。

見上げた時計は、いつの間にか夜九時を回っており、比奈子は夕食の手配をしていなかったことに突然気付いた。中途半端に後輩ができたから、中途半端に頭から抜けてしまっていたのだ。お茶や食事の手配など、いつも通りに自分の仕事と思っていた

ほうがずっと楽だ。慌てて食料調達に向かおうとしたとき、コンビニ袋を抱えてガンさんが戻ってきた。

「晩メシ買ってきた。藤堂、お茶を淹《い》れてくれ」

さっき出かけたのはこのためかと、比奈子は大いに恐縮した。

「すみません。気が回らなくって」

「かまわねえよ」

と、ガンさんは笑う。

「ガムを買いに出たついでだ。それに、俺よりは藤堂のほうがまだネットに詳しいからな。三木や月岡にも分けてやってくれ」

倉島が他のメンバーを呼びに行ったので、比奈子もお茶を淹れることにした。

交代で仮眠を取りながら、調べに調べた翌日の朝。比奈子はついに、不妊治療ネットの口コミ&評判ランキングに怪しい書き込みを発見した。口コミ体験談のひとつにURLが貼られており、別の掲示板へ誘導されていたのである。

それはようやく妊娠したものの流産してしまった女性が、慰めの書き込みをメインサイトから隔離するために立てたスレッドだった。が、今では不妊治療に対する不安や不満の集積場と化していた。

——こんな話をしてしまってごめんなさい。でも、他には話せる相手もなくて、どうしても苦しくて、書き込んでしまいました——

書き込みの多くは、辛《つら》い心情を吐露したものだ。

——主人とともに不妊治療を始めて七年目です。三年前、体外受精した卵子を胎内に戻す方法でようやく妊娠できたのですが、出生前診断で胎児に遺伝子異常があることが判明しました。私たちはそれでも出産を望んだのですが、八ヶ月を過ぎたところで突然破水、出血し、赤ちゃんは助かりませんでした——

——私の場合は臍《へそ》の緒が首に巻き付いて、赤ちゃんが死んでしまいました。すでに九ヶ月に入っていたので普通に分娩《ぶんべん》するしかなくて……——

——私もです。せめてお墓に埋葬してあげたくて、赤ちゃんを引き取ろうとしたのですが、会わせてもらうことができませんでした。別室で対面した夫から諦《あきら》めようと言われただけで、私は納得できていません。会わないほうがいいと夫が言うのはどういう意味か。同じ体験をした人はおられませんか？——

——私は五年前に胞状奇胎を掻爬《そうは》しました。医師の説明だと、胞状奇胎は赤ちゃんではないし、癌になるリスクもあるとのことだったので……——

「胞状奇胎……か……」

比奈子は呟《つぶや》いた。出産は生命の神秘だ。生き物は、たった二つの生殖細胞から生み出される。分裂を繰り返し、機能を備え、祝福を受けて誕生する裏側に、不幸な症例がこんなにもあるのだ。簡単なオペだと言われて卵巣嚢腫《らんそうのうしゅ》の手術をしたが、院内感染で死にかけたとか、出生前診断の安全性を懸念するものや、新しい検査方法、自然分娩の手引きなど、玉石混淆《こんこう》の情報に、比奈子は大きな溜息を吐いた。

――カシマ・ギネコロジカルはよい病院だと思います。昨今はリスクが高く儲《もう》けにならないという理由で産科病院がどんどんなくなっていくけれど、ここは不妊治療から出産までをトータルにケアしてくれます。受診患者さんが多いから、様々な症例（掻爬や流産など）がでるのは普通のことだと思いますが、リスクに負けないで、赤ちゃんを望む母親たちの強い味方になって欲しいと……――

書き込みは負の情報ばかりではなかった。少し気になって調べると、カシマ・ギネコロジカルは東村山《ひがしむらやま》市にある比較的大きな個人病院で、産婦人科だけでなく、内科、心療内科、小児科も診療科目にされていた。都内で出産できる病院は、二十三区だけでも百二十以上ある。比奈子はさらに、掲示板で見かけた産婦人科医院の名前も捜査手帳に書き込んだ。

「一応、調べてみる必要がある。と」

顔を上げると、窓の外がすでに明るくなっていた。

倉島はデスクに突っ伏して眠っており、ガンさんも打ち合わせ用テーブルで伸びている。三木はどうしているだろうと、比奈子は静かに席を立った。

鑑識のブースでは、やはり机に突っ伏して眠る片岡と真紀の近くで、三木が独り作業をしていた。おかっぱ頭が脂を吸って、いつもより濃厚な照りを生んでいる。鼻の穴が大きく広がり、奥二重の細い目が胡乱《うろん》に見開かれているのを見ると、比奈子は、三木が照合のクライマックスを迎えているのではないかと思った。

邪魔しないよう、そっと背後に回り込むと、二台のパソコンが動いていた。一台で顔認識システムが稼働して、激しく画面が切り替わっている。机にはプリントした顔写真が何枚もあり、特徴点に丸や線が描かれていた。現在三木が調べているのは小さな女の子の顔写真で、別ウインドウに人魚の顔もある。両目、鼻、口、眉《まゆ》、それぞれに線が引かれて、比率を確認しているようだ。年齢が変わっても骨格やパーツの比率は変わらないことから、それら特徴点の比率を比べることで、ある程度までは同一人物の特定が可能といわれているのだ。

「誠に残念ながら」

と、比奈子の気配を察して三木は言った。集中力が上がっているので、振り向きもしないし、モニターから目も逸《そ》らさない。

「人魚が成長したみほ子ちゃんである可能性は、限りなく低いことがわかりました」

「よかったと言っていいのかどうか、わからないです。それってつまり、他の犠牲者がいるってことになるんですよね？」

「左様ですな。で、さらに残念なお知らせがありまして。佐藤みほ子ちゃんに関してですが、たった今」

三木はくるりと比奈子を振り向いた。その目は少し充血して、唇が震えている。

「山梨県警の未解決事件ファイルに、本人と思《おぼ》しき遺体を発見してしまったところなのです」

「えっ」

深く深く頷《うなず》いて、三木はモニター画像を動かした。みほ子ちゃんの写真の横に変色した頭蓋骨《とうがいこつ》の写真が並び、さらに一枚、復顔されたらしき石膏《せっこう》の顔が呼び出された。

「佐藤みほ子ちゃんは、横顔、寝顔、俯《うつむ》いた顔、他に何枚ものスナップ写真が家族から提供されておりました。これらの画像から3Dデータを作り上げたものを、こちら、頭蓋骨からスーパーインポーズ法で復顔された顔に照合しますと」

サイズを揃えて二枚の画像を重ねると、特徴点がほぼ一致した。七年前に行方不明になったみほ子ちゃんは、一年後に下肢だけが焼かれた状態で遺棄されて、頭蓋骨はまた別に見つかっていたということになる。比奈子は激しく唇を噛《か》んだ。足だけならまだ、生存の可能性はあったかもしれない。でも、頭が骨になったなら、どうして生きていられるだろうか。

「その頭蓋骨は、いつ、どこで見つかったんですか」

「焼かれた足が勝楽寺で見つかったさらに一年後、山梨県鳴沢《なるさわ》村の富士樹海で、地元民が自殺者の遺体捜索中に偶然見つけたものでした。樹海が自殺のメッカになっておるので、定期的に遺体の捜索回収が行われておるのです」

「燃やされていたんでしょうか」

「そういう記録はありませんな」

「じゃ、みほ子ちゃんは下肢切断後も生存していたってことですか」

「発見時、頭蓋骨はすでに白骨化しておったようですが、死後一年未満、数ヶ月から半年程度の、比較的新しい骨であったと記録にあります。現場では他にも、頭蓋骨とつながった背骨、そして骨盤がみつかっています。下肢が発見されていないのが、やっぱりというか、ゾッとするといいますか。そもそも幼児が単独で樹海に迷い込むことが考えにくいほか、捜索願も出されていなかったので、山梨県警はスーパーインポーズ法を用いて女児の顔を復元し、身元を捜索しておったのです」

「それでも見つけてあげることはできなかったのね。こんなに長い間……」

「大きなニュースになったわけではないですからな。プロジェクトチームが立ち上がっていたならいざ知らず。痛ましいことですが」

「行方不明になって一年後、下肢の骨が見つかってからさらにしばらく、半年から数ヶ月程度は、みほ子ちゃんが生存していた可能性があるってことですね」

「そういうことになりますな。復顔された顔は五歳程度に成長しておりますし、あと、これを見て下さい」

三木は女児の遺骨写真を呼び出した。頭蓋骨から骨盤まで丁寧に並べられているが、それらの骨とは別に、変形した奇妙な骨が写っている。サイズからいってみほ子ちゃんの骨とも思えるのだが、はっきり人間の骨とも言いにくい。

「え、これ、骨なの？」

と、比奈子は呻《うめ》いた。接合部分の丸さを見ると骨のようだが、溶けたチーズのように薄く伸ばされているところもあれば、癒着して板のようになった部分もある。

「肩胛骨《けんこうこつ》と鎖骨、上腕骨の接合部分の丸みなどが合致しているので、みほ子ちゃんの骨である可能性は高いのですが、こんな変形はちと考えにくいということで、これらの骨が一対であるという認識を、山梨県警はしなかったようです。ただ、昨夜藤堂刑事が不埒《ふらち》な実験に関して話されたことに閃《ひらめ》きを得て、調べてみました」

そこで三木は息を吸い、

「お聞きになりますかな？」

と、比奈子に聞いた。

「聞きます聞きます。鑑識のブンザイなんて言いませんから」

「では」

三木はパソコンをネットにつないだ。

「骨の変形に関しては、この症例が近いのではないかと。進行性骨化性線維異形成症なる病気があるそうでして」

「シンコウセイコツカセイセンイイケイセイ症ですか？　どんな病気なんです」

三木が呼び出したのは、奇病を集めたサイトだった。そこには、まさに溶けたチーズのようになってしまった骨格標本の画像がアップされていた。

「発症率が二百万人に一人といわれる遺伝子疾患で、筋肉や靭帯《じんたい》や腱《けん》などが骨化してしまう病気だそうです」

「みほ子ちゃんはその病気だった？」

「さあ、そこです。この病は十歳程度で発症することが多く、長い年月をかけて進行していくようで、みほ子ちゃんの年齢での発症例はありませんでした。さらにですが、変形の仕方をよく見ると、骨は鳥の翼に似ておりますな？　特に肩胛骨から上腕骨にかけての肥大の仕方が異常であり、突発的に部位が骨化したというよりも、部位を骨化させる意志が働いておったとでも申しましょうか……」

比奈子は固く目を閉じた。死神女史の、『軍事目的』という言葉が脳内を駆け巡る。軍事目的ならば予算が湧く。金の生《な》る実験にはパトロンがつくということだ。人殺し目的で人を操作し、人殺しの効率を上げる人を創る。なんて不遜《ふそん》な考えだろう。しかも、その実験に、生身の人間を使っていたとするならば。

「……人魚の次は……鳥人間？」

体の芯《しん》から怒りが湧《わ》きあがってくる。

「鳥人間というよりは、鳥族などといいますな。ギリシャ神話でハーピーと呼ばれる三姉妹、インドではガルーダが有名です。いずれも人の体に翼を持つ神獣で」

「人間は人間よ。神様でもなければ兵器でもないわっ！」

思わず大声を上げたので、片岡と真紀が目を覚ました。

「あ、藤堂先輩」

真紀は涎《よだれ》を垂らしていたのではないかと口を拭《ぬぐ》いながら起き上がった。

「ふわ……どうした、藤堂。めぼしい話でもあったかよ」

片岡のほうは両腕を上げて大あくびをし、首を回してゴキゴキいわせた。

「いつの間にやら朝じゃねえか。うう……腰が痛え」

ワイシャツの隙間に手を入れてお腹を搔《か》きながら、片岡は三木の後ろへやって来た。

「なんだ。人魚の身元が割れたのか」

「割れたのは人魚の身元じゃなくて、行方不明だった三歳女児が、二年後に死亡していたという事実です」

答えながら比奈子は、みほ子ちゃんが可哀想で泣きたくなった。モニター画面を睨《にら》み付け、三木も両目を拭《ぬぐ》っている。間近に結婚を控えた三木は、子供が関わる事件には格別敏感になるようだ。

「この件に関しましては、厚田警部補から山梨県警へ連絡して頂くのが順当かと思われますな。少なくとも親御さんたちは、一日千秋の思いでみほ子ちゃんの帰りを待っておるはずですから」

そう言うと、三木は変形した骨の写真データをプリンターに送信した。大学ノートに記録し続けている三木版捜査ファイルに貼り付けるためだ。

結局、人魚にされた少女と佐藤みほ子ちゃんが別人だったことがわかったので、行方不明女児の顔認証は、三木と真紀、さらに早出してきた清水と御子柴が手分けして行うことになった。対象女児が何万人いようとも、すべてを調べ尽くさずにはおかないと三木は気を吐く。


それからわずか二時間後。コンビニの日配品で朝食を済ませ、手洗い所の水で顔を洗った比奈子がトイレを出ると、廊下で真紀が呼んでいた。

「先輩、早く！　死神女史がニュースに出てます！」

「えっ？」

テレビが朝の情報番組を映しており、画面に死神女史がいた。

画角上部に『猟奇事件か！　練馬区にホルマリン漬け児童の足』と、禍々《まがまが》しい文字が躍っており、下に『東京大学法医学研究室石上妙子博士』とキャプションがある。

――足が子供のものだったという話は本当ですか――

リポーターが女史を追いかけながら質問を浴びせている。

――ノーコメント――

いかにも迷惑そうに女史は答えた。銀縁メガネが朝日に光り、白髪交じりのボブカットが風に乱れて顔半分を隠している。女史は白衣で、背後に学舎らしき建物が見えるから、モルグから出たところを捉《つか》まったのだろう。

――狭山湖でもホルマリン漬けの人魚が見つかったと聞いていますが、関連があるとお考えでしょうか――

――ノーコメント。そう言ってるだろ――

――どちらの遺体も、先生が解剖されたのでしょうか――

邪魔そうにリポーターをよけて歩いていた死神女史は、ピタリと足を止めて髪を掻き上げ、その手を腰にあてがった。

――あんた、何のために報道してるの？　不正確な情報をセンセーショナルに流して世間を煽《あお》りたいだけなのかい？　残念ながらこっちは違う。本気の本気で、やるべきことをやってんだ。邪魔するんじゃないよ、そこをおどき――

瞬間、メガネ越しに燃えるような目がカメラを睨み、怯《ひる》んだカメラがフレームアウトした。ボブカットと白衣が翻り、女史は大股《おおまた》で去って行く。その後ろ姿を数秒間追った後、リポーターが画面に映って、

――こちらからは以上です――

と、スタジオに戻した。

「やるねえオバサン！」と、片岡が手を叩《たた》く。

「さすがは死神女史ですね」感心して真紀も言った。

午前七時。署内はまだ人がまばらで、徹夜組は朝食後のお茶を飲みながら、朝のニュースを観ていたのだった。死神女史の啖呵《たんか》にシビれたとはいえ、ガンさんは苦虫《にがむし》を噛《か》み潰《つぶ》したような顔で渋いお茶をすすっている。比奈子の思いも同じだった。間接的とはいえ、現役で捜査に関わっている人間が表に出るのは好ましくない。このテレビ局には抗議するべきだと、比奈子は心で憤る。

同じ考えの誰かがいたのか、女史の映像が流れたのはその数十秒のみで、七時半のニュースでは、ホルマリン漬け人魚に続いて練馬区でもホルマリン漬けにされた子供の足が発見されたことだけが報じられた。

他には何の情報もないのだから、コメンテーターも反応しようがないらしく、やはり遺体標本が遺棄されたのではないかという方向で番組は締めくくられた。

翌日。山梨県警からガンさんに電話が入った。

佐藤みほ子ちゃんの両親に復顔写真を確認した結果、富士樹海で見つかった頭蓋骨《とうがいこつ》が本人のものであると納得してもらったという報告だった。確たる殺人の痕跡《こんせき》も認められず、また相応の時間も経っているため、本件で捜査本部が立つことはないというのが山梨県警の報告であり、書類上の捜査は継続しながらも、目下のところは遺骨を両親に返すくらいしかできることはないという。つまり、みほ子ちゃんの部位が二年にわたって別々の場所で遺棄された事件の謎は、書類上でのみ捜査が続くということなのだ。

「そうですか。ところで……」と、ガンさんは切り出した。

「変形したほうの骨だがな、東大の、先生のところへ送ってもらうよう手配したよ」

しばし後、電話を切って、ガンさんは言った。

「みほ子ちゃんはＤＮＡがわかっているから、先生のほうで変形した骨と照合してもらう。場合によっちゃ……」

「誘拐された後に何が起きていたのか、わかるということですね」

倉島がメガネをかけ直す。

今日も延々とサーチは続いており、御子柴もまた自前のパソコン機器に埋もれて、残り数千人にまで迫った女児の顔認証システムと闘っていた。その横には湯気の立つ、普通のマグカップが置かれている。

結局のところ、御子柴が淹れたお茶は不味《まず》すぎて比奈子が淹れ直し、御子柴には、『たかがお茶をこれほど不味く淹《い》れられる特技』という評価が付与された。御子柴の行動は何から何まで型破りの投げやりで、ヤカンにいきなり水と茶葉を放り込んだのには度肝を抜かれた。彼はまた、蓋《ふた》と吸盤付きのマグカップが刑事のデスクにそぐわないことにようやく気付いて、勝手に東海林のカップを使っていた。

厚田班が朝のお茶を飲み終えるのを待って、比奈子は自分のデスクを片付けながら、ガンさんに言った。

「ガンさん。私、産婦人科病院へ聞き込みに行って来たいんですが。ついでに、スーパーへ寄ってお茶っ葉も買ってきます」

『御子柴君がお茶っ葉を全部ヤカンに入れてしまったので』と、言わずにおいたのは武士の情けだ。

それを聞くと、作業に辟易《へきえき》していた御子柴も得々として席を立った。

「それじゃぼくも」

その肩を、倉島が押して座らせる。

「藤堂刑事にはぼくが付き合うよ。『忍』なら小回りが利きますし」

「もちろん御子柴は居残りだな。なんとしても顔認証の照合を終えないと、その大層な機材が泣くよ。藤堂から目薬もらって、がんばろうじゃないか。ねえ」

奥で清水がほくそ笑むので、比奈子は、メチャクチャ滲《し》みるけどよく効く目薬を、御子柴の前にポンと置いた。

「御子柴君はこれを注《さ》して頑張って。じゃ、倉島先輩と忍で出て来ます」

忍というのは倉島の愛車カワサキニンジャZX9Rのことを指す。

「えぇー、行っちゃうんですか、藤堂先輩」

情けない声で言う御子柴の頭を、お茶に戻っていた片岡が新聞で張る。

「泣き声出してねえで、しっかり調べろってんだ、このタコが」

「それってパワハラじゃないですか」

「なんだと、ごるぁ」

片岡と御子柴の会話を他所《よそ》に、ガンさんはしっしっと比奈子を追い払った。早く行ってしまえという合図である。コートをひっつかんで倉島の後を追いかけたとき、片岡に目薬を注されて悶絶《もんぜつ》する御子柴の悲鳴が聞こえてきた。

都内の産婦人科病院をしらみつぶしに当たる予定だったのに、実際病院へ来てみると、具体的に何をどう聞いたらいいのか、比奈子はわからなくなっていた。産婦人科病院は明るくてお洒落《しゃれ》な構えのところが多く、お腹の大きな妊婦さんや、検査に来た若い女性など、患者の姿も華やかで、生まれたばかりの赤ちゃんを見舞いに来た父親と子供の姿などを目にすると、陰惨な事件から最も遠い場所へ来ているのではないかという思いになってしまうのだ。

駐車場からガラス張りの待合室を覗《のぞ》き込むようにして、倉島は言った。

「むやみに不安を煽るような聞き込みは、相応《ふさわ》しくない場所ですね」

「確かにそうですね。患者さんを不安にさせてしまうのもあれですし……」

どうしたらいいのだろうと比奈子は思い、病院名をプロットした捜査手帳を開いてみた。知りたいのは、非人道的に何らかの特徴を備えた新生児を創り出す研究の有無と、検体としての新生児を秘密裏に入手するルートの存在だ。ごめんくださいと訪れて、ダイレクトに質問できる内容ではない。そんなことを訊《たず》ねれば、こちらが狂っていると思われることだろう。けれど、実際に少女は全身に癌を発症した上に、魚の尾びれを付けてホルマリン漬けにされていたのだ。

「どうしますか」と、倉島が訊《き》く。

「どうしましょう」と、比奈子も答えた。

その横をまた、幸せそうな妊婦が通る。

比奈子は捜査手帳をしまい、忍の後ろに跨《また》がった。

「病院をしらみつぶしに当たるつもりだったけど、来てみて気持ちが変わりました。倉島先輩。東大の、死神女史のところへ行きましょう」

「なんのために？」

「山梨県警から、みほ子ちゃんのものと思われる変形した遺骨が届いているはずなんです。それを見てから考えません？　なんだか、あまりにも荒唐無稽《むけい》な幻の事件を追いかけているような気になってしまって」

「同感だね」

倉島は白い歯を見せて、

「じゃ、その前に一箇所、ぼくに付き合ってもらえないか」と、言った。

「藤堂刑事がセンターで見つけた論文が、どこかの大学に残っていないか調べてみたけど、遺伝子やiPS細胞の研究を進めている大学や研究所は、それほど多くないことがわかってね。とはいっても、全国に百近くの機関があるようなんだけど」

「さらに研究者の数を思うと、よっぽどですよね」

「そうだね。けれども研究者同士は横の繫《つな》がりがあって、毎年シンポジウムを開いて研究の成果を発表し合っているとわかったんだ」

「もしかして『愚か者の妄想劇』を知る研究者がいるかもしれないってことですね」

そうか、確かに、と比奈子は思った。学者は好奇心に勝てないと女史は言う。その好奇心が満たされて、さらに発見があったなら、それを発表する欲にも勝てないだろう。ドクターAが人工的に過誤腫《しゅ》を発生させる動物実験に成功したならば、すでに成果を発表している可能性がある。そして、だからこそ彼の論文は、センターに保管されていたのかもしれない。

「それを確かめに行かないか。論文が書かれたのは七年前だから、七年から六年、もう一年足しても五年くらい前のシンポジウムに参加した先生たちに話を聞けばいいということだよね？　シンポジウムの主催者は、都内でバイオテクノロジーセンターの所長をしているそうだから」

倉島はクールであまり表情を変えないが、モデルのような見た目の奥に、三木や片岡に負けない熱さが滾《たぎ》っている。そのギャップが彼の魅力であり、不思議なところでもあると比奈子は思う。八王子西署はもちろん、近隣の交通センターや機動隊の女子にまで人気の高い倉島だけど、忍以外に興味がないのは、いったいどういうことなのかしら。まさか本気で生身の女性よりもマシンにセックスアピールを感じているなんてことは……

「いきますよ」

倉島に言われてヘルメットを被《かぶ》り、比奈子は再び倉島の腰に腕を回した。

バイオテクノロジーに関するシンポジウムを企画開催しているのは、及川《おいかわ》という六十がらみの医学博士だった。ほぼ禿《は》げ上がってしまった頭に長い白髪が、鉄腕アトムのお茶の水博士を思い起こさせる。センターのロビーへ出てくると、彼は倉島の警察手帳に手を伸ばし、興味深げに指でなぞった。

「いやいや。テレビでは拝見しますけど、実物は、なかなかお目に掛かる機会がないですからねえ。いや、ありがとうございました」

エンブレムの凹凸を親指の腹で味わってから、及川は満足してそう言った。

「けっこうきちんとした造りなんですなあ。それなりに金がかかってる。ええと、それで？　どんなご用件でしたでしょうか」

「博士は、毎年バイオテクノロジーに関するシンポジウムを企画されていますよね」

倉島が訊く。

「ええ。してますよ。シンポジウムといいますか、年に一度、研究者同士が集まって情報交換をするんですが、まあ、同業者のお祭りみたいなものですね。三日間ほどの予定で、会場は研究者のいる大学が持ち回りでやってます。今年はたしか青山学院大学で、十一月頃の予定じゃないかな」

「何人くらい参加されるんでしょうか」

「そうねえ」

及川は考えるように宙を睨《にら》んだ。

「研究者は五十人から……でも、学生も参加しますからね。三日間通すと二百人くらいにはなるのかなあ」

「参加者の名簿なんかは作られますか？」

「作りますよ。予算もそれなりに掛かりますので、出席者が多くないとね。お弁当の手配や講演者のスケジュールとか、印刷物の編集も。けっこうこれが大変でね」

倉島と比奈子は顔を見合わせた。

「我々は、ある論文を書いた研究者を探しているんですが」

「論文ですか？　それはどんな内容の？　いつ頃の話でしょうかねえ」

倉島が比奈子に視線を送る。

論文そのものがあれば話は早いが、今のところ記憶に頼るしかない。比奈子は捜査手帳を出すと、象や米粒のイラストを、及川に隠して確認した。

「異生物の遺伝子プログラムを組み込んだ胚《はい》を使って、新しい生き物を創り出すというような研究論文です。発想の元になったのは奇形腫に含まれる細胞で、研究者は動物実験で過誤腫を発生させることに成功したと言っています」

「胚の実験なんか、どこでもやっていると思いますがね。そんなことで新しい生物が創り出せたら苦労はないです。と、いうより、そんなことができるなら再生医療に使うほうがずっと有意義だと思いますけど。そっちの研究は大分進んではいますけど、楽じゃない。生命の神秘に関わることですからね、倫理的な問題も……」

「仰《おっしゃ》る通りです。ただ、こうした発想を先生のシンポジウムで発表、もしくは研究している学者さんをご存じないかと思って伺いました」

「その学者を仮にドクターAとして、論文が書かれたのは七年前です」

「発表された論文かどうかも、実はわかっていないんです。でも、その論文は『愚か者の妄想劇』と嗤《わら》われて、誰からも見向きされなかったと聞いています」

比奈子と倉島が交互に言うと、及川は「む」と、眉《まゆ》をひそめた。

「愚か者の妄想劇という言い方は、記憶にある気がしますねえ……七年前といいますと、あの頃ですか」

「あの頃とは？」

倉島が訊《たず》ねると、及川は、

「いやいや」

と、曖昧《あいまい》に首を振り、ロビーを見回してこう言った。

「ここでは何ですから、私の部屋へ行きますか」

バックヤードへ続く灰色のドアを押し開けて、及川は比奈子と倉島を所長室へ誘った。何人かのスタッフとすれ違ったが、ここのスタッフはみな会釈する。保がいるセンターよりも、ずっとフレンドリーだと比奈子は思った。

書籍と模型とパソコンしかない十二畳ほどの殺風景な部屋が、及川の所長室だった。通りに面した窓の下に低めのチェストが置かれており、数々の認定証やトロフィーが誇らしげに飾られている。及川は防衛大学の出身らしく、その後、同大学で教鞭《きょうべん》を執っていたらしいことが見て取れた。

さほど大きくない応接ソファに二人を座らせると、及川自身は自分の椅子を引っ張ってきて、中途半端な位置に座った。

「ロビーで話すのはちょっと憚《はばか》られるような出来事が、七年前にありましてね。そちらの刑事さんは、記憶にあるかどうですか」

及川は比奈子より年上の倉島を窺《うかが》った。

「まあ、報道はされなかったと記憶しています。ええとね……これはここだけの話にして下さいよ？　我々研究者は、研究段階で補助金に頼らざるを得ませんで、悪い噂が広がると、企業の献金とか補助金とかがね……まあ、いろいろとあれでして……あの時も、研究者は戦々恐々としたものでした」

倉島は爽《さわ》やかに白い歯を見せながら、

「お察しします。ところで、何の件なのか、全くわからないのですが」

と、及川に答えた。及川は白衣の首もとに手を突っ込んで、自分の背中をガリガリ搔《か》いた。顔も体も丸いので、どんな仕草も愛らしく見える。

「あー……栃木県那須《なす》町の貸別荘で、水槽に入った赤ちゃんが見つかった事件なんですが……ご存じない？」

全く記憶にないらしく、倉島は首を傾げた。

「そうですよねえ。あれは結局、なんだったのかなあ」

「赤ちゃんが産み捨てられていたってこと？」

比奈子が呟《つぶや》く。

「いやいや、そうじゃないんです。要するに、我々研究者が標本をぞんざいに扱っているというような、悪い噂が立ってしまったということです。あの時は、刑事さんがいろんな大学を調べに来ましてね、その年のシンポジウムの懇親会で、愚者の妄想劇という話になったんでした」

「いったいどういうことですか？」

比奈子は身を乗り出した。

「今にして思えば都市伝説みたいな話です。要するに、研究用標本の数や扱いを確認されたってことですよ。あの年の春。シーズン前に掃除するため、貸別荘の管理人が無人の別荘に入ったら、使用されていないはずの別荘に人が住んでいた形跡があったというので、警察に連絡が行ったらしいです。で、大型の熱帯魚水槽で、赤ちゃんがホルマリン漬けにされていたと」

「ホルマリン……」

「もちろん、きちんとシーリングされてね。ホルマリンは劇薬ですから」

「それで？」

「それだけのことですよ。警察は、それが研究機関から盗み出された標本ではないかと考えて調べていたようなんですが。我々としては大騒ぎになりましてね」

「知ってましたか？」比奈子が訊《き》くと、

「いや。まったく」と、倉島は答えた。

「その件は、結局どういうことになったんですか？」

「知りませんよ。研究者の間で大騒ぎになったというだけで、警察も、聞き込みには来るけど、結果は教えてくれないんですから」

及川が恨みがましくそう言うので、倉島が一応の決着をつけた。

「国内の標本ではなかったのかもしれませんね。悪趣味なことに、そういうものを売買するサイトなどもあるようですから」

「それで？　懇親会で立った噂とは、どんな内容だったのでしょう」

次は比奈子の番だった。捜査手帳を握りしめて及川を見つめる。

及川は血色がよく、頬は艶々《つやつや》と張りがあり、いかにも人のよさそうな瞳《ひとみ》が黒く熱を帯びている。彼は椅子の上で尻《しり》をずらすと、比奈子のほうへ体を向けた。

「輸入品かなんか知りませんがね、普通は熱帯魚の水槽にホルマリンなんて入れませんよ。危険ですからね。それで、結局あれはどういうことだったんだろうと、まあ、飲み会の席で話題になりました。で、その時に……誰だったかなあ。あいつなら、そんな馬鹿な真似もしかねないと、誰かが話していたんだが……愚者の妄想劇と言ったのも、その先生だったような」

「あいつって？　あいつって、誰かしら」

「ちょっと待って下さいよ」

及川は席を立ち、書棚から薄い本を何冊か持ち出して来た。

「これ、シンポジウムの印刷物です。参加者の名簿も挟んであって……ああ、これだ。ええと……待って下さいよ」

簡易印刷されたリーフレットをテーブルに載せ、及川はじっと名簿を見つめた。

「思い出して来ましたよ。勝浦《かつうら》大学のバイオメディカル研究センターにいらした、奈《な》良《ら》崎《さき》教授でしたかね。その話をされたのは」

「勝浦大学の奈良崎教授ですね」

比奈子が手帳に書き取るのを見ながら、

「ああ、でも奈良崎教授は亡くなられたんですよ」

と、及川は言った。

「えっ」

「翌年のシンポジウムに参加願いが出ていませんで。大学へ問い合わせたら、急死されたとのことでした。なんでも、風邪で休講すると連絡があったその日のうちに、病院で急死されたとのことで」

「急死って？　どうしてですか」

「いや、そこまでは……虚血性心疾患とかだったかな。まだ四十九の、まさに働き盛りでしたからね。我々連絡協議会としても、後からお悔やみに行ったような顚末《てんまつ》で」

「奈良崎教授が仰った『あいつ』が誰か、心当たりはあるのでしょうか」

比奈子に代わって倉島が訊く。

「教え子だったと記憶していますねえ。ちょうど論文をみてやる頃で……そうだった、愚か者の妄想劇は、やっぱり奈良崎教授の言葉でしたよ。狂った天才は、研究も狂った方向に行きかねないから怖いのだ、と、いうようなことを言ってましたか。捉《とら》え所のない学生で、研究資金なんか自分で調達できると息巻いていたそうですが」

「学生の名前はわかりませんか？」

「うーん……どうだったかな。あ……あ……我孫子《あびこ》君……だったかなぁ」

ドクターA。と、胸の奥で比奈子は言った。

及川所長に礼を言って、比奈子と倉島は外へ出た。倉島がその場でガンさんに電話して、七年前に那須町の貸別荘で起きた事件について、三木か清水に調べさせて欲しいと告げる。

「ぼくらはこれから勝浦大学へ行って、我孫子なる人物について調べてみます。七年前に学生ならば、まだ大学に残っている可能性もありますし」

その横で比奈子がヘルメットを被《かぶ》っていると、倉島は、

「えっ」と、小さく叫んだ。

「藤堂刑事。電話を代わってくれたまえ」

せっかく被ったヘルメットを脱いで、倉島のスマホを耳に当てる。

「悪いが藤堂、倉島に送ってもらって、至急、先生のところへ行ってくれ」

前置きもなくガンさんが言った。

「え、何かありましたか？」

「たった今、連絡があってな。法医学博士石上妙子宛《あて》に、匿名の小包が届いたっていうんだよ」

振り向くと倉島も頷《うなず》いた。

「その中身が、人間の腕だと言っている。骨格からいって子供のもの。しかも、水かきと、爬虫類《はちゅうるい》の鱗《うろこ》があるってんだがな、こん畜生めが」

一瞬、ぐわんと風景が歪《ゆが》んだ。思わずポケットに手を入れる。ひしゃげた七味缶が指に触れて、比奈子は深く呼吸した。

「藤堂刑事を東大へ送ったら、勝浦大へは、ぼくが独りで行って来る。その後はそれぞれ署に戻ろう。いいね？」

「わかりました」

倉島とガンさんに同時に言って、比奈子は忍に飛び乗った。

第五章　人造人魚とカリフラワー

薄暗い部屋に響くのは、空調設備の微《かす》かな唸《うな》りだ。時折、金子が忙《せわ》しなくマウスを操ると、喋《しゃべ》らない彼の心を永久は感じる。最近はいつも金子の部屋で宿題をやるのだが、その理由は保より先に影人間の正体を解明して、保に自慢したいからだった。それができたら、永久は、自分の価値が上がるような気がしているのだ。

影人間を描いた金子はその正体を知っているはずだと永久は思い、だからここへ来ているのだが、思惑は大きく外れて、金子はいつまで経っても会話をしない。最初は永久もヒステリーを起こしたけれど、泣いても喚《わめ》いても金子がまったく変わらないので、今では、このへんてこりんな男を観察することにも興味が湧《わ》いた。

金子の部屋は機器やケーブルばっかりだ。圧巻なのは壁を埋めるモニターで、センター内部をつぶさに映していることもあれば、様々な国のネットにつながっていることもある。並び合うモニターの片方でゲームソフトが、片方にコンピューター言語が流れていることもあり、金子が何を考えているのか、わからない。

「何を見てるの？」

最初は文字データのみが延々と流れ続けるモニターが不思議でならなかったが、金子は答えてくれないし、並び合う画面に関連があるらしいことがわかってくると、永久は自分の価値を確かめたくて、どこまでもしつこく金子に問うた。

「なになになに？　なになになになに……」

何分間も地団駄を踏み続けていると、金子はようやく永久を振り向き、

「こ、と、ば」

と、短く答えて、笑った。

それで永久にも、金子がゲームソフトとそのプログラムを咀嚼《そしゃく》していることが理解できた。自分でもモニターを眺めてみたが、光に弱い永久の瞳《ひとみ》にモニター画面は強力すぎて、わずか三十分で挫折《ざせつ》した。

こういうとき永久は、喋らない金子の、『無価値ではない部分』を思い知る。

金子はいつも音声を消してしまうので、観るのは映像だけなのだが、その中には永久が知的好奇心を満足させるために犯したバラバラ事件よりも悲惨な映像や、知的好奇心をさらに挑発する映像も含まれていて、見飽きることはなかった。ただ、見続け

ると目が痛くなるので、永久は金子の足下で自分の宿題をやったり、本を読んでいることが多い。薄暗くてモニターの一方向からしか光が入らない金子の部屋は、永久には居心地のいい場所だった。

センターへ来てから永久が親しくなったのは、保の他には晩期遺体現象の研究者スサナと、喋らない金子未来だけだったが、永久はこの風変わりな友人たちを心の底から気に入っていた。スサナのボディファームには本物の死体がたくさんあるし、金子のモニターにはもっと壮大な世界がある。そして中島保の部屋は、記憶の奥底にあるかもしれない、母親の胎内を感じさせた。宿題さえ済ませてしまえば、永久は金子が許す限りモニター画像を共有できたし、金子の機嫌がいいときは、質問の答えをモニターに呼び出してもらうこともできた。

「カリフラワーをね、ミク。ミクは影人間のそばに描いたでしょ？」

永久は金子をミクと呼ぶ。金子が質問に答える気があるかないかは、背後から（しかも、必ず一メートル以上の距離を置いて）独り言みたいに壁に呟《つぶや》いてみればわかる。

「ここのみんなをぜーんぶ描いた画用紙にさ。四角い箱に入ったカリフラワーみたいのを描いたでしょ。そばに影人間やスサナやタモツや、白人間が何人もいてさ。あの絵、タモツが褒めてたよ。金子君はすごいなあって。ぼくもね、同じことを思ってる。

どうしたら、あんな風に描けるのかなって。あの影人間……」

「ゆう……れい」

と、モニターを睨《にら》んだままで金子が呟く。永久はニヤリと、壁に笑った。

あれって幽霊だったんだ？　幽霊って、何のこと？

そう聞くのが得策でないことも知っている。意思の疎通を図るには、質問しては駄目なのだ。質問は彼を追い詰める。質問せずに喋らせて、金子の口から出た言葉を、パズルのように組み立てるのだ。

「違うよ。あれは影人間だ。だって、真っ黒なんだもの」

吐息の音がして、突然、各国のニュースを映していたモニター画面が切り替わった。

一瞬部屋が明滅したので、永久は壁から目を離した。

映っているのはセンター内部だ。ロビー、研究室、中庭、図書館、バックヤードの他には、トイレも、シャワールームも映っている。褐色の肌にシャワーを浴びる黒髪の美女はスサナだ。腐乱遺体の臭いにセックスアピールを感じる特異体質ながら、体に染みつく屍臭《ししゅう》のせいで、センターの誰よりも頻繁にシャワーを浴びる。その後、ムスク系を除いたコロンを付けると、屍臭はより華やかな香りに変わるのだという。

美女の裸体にも興味を示さず、金子は監視カメラの映像を切り替えた。

「幽霊。この人、この人も……」

激しく画面が切り替わるので、壁一面にあるモニターの、どの人物を指してそう言うのか、永久にはまったくわからなかった。永久は金子のイラストとモニターを見比べて、コツコツと印をつけていた。双方の人物を潰《つぶ》して行けば、イラストにいなくてモニターにはいる誰かが影人間である可能性が高いと考えたからだ。今では三分の二程にチェックがついて、あと、もう一息のところへ来ている。

「ミク、速すぎ。もっとゆっくり教えてよ。あ」

永久が奇妙な声を出したのは、切り替わり続けるモニターに奇妙なものが映ったからだ。永久は弾かれたように立ち上がり、禁を犯して金子の体に手を触れた。

「止めてミク、あれ！　あれはなに？　ほら、上から三つ目の、あ、今は下から二番目の、そこに映った変なヤツ」

突然体に触れたのに、金子がパニックを起こさなかったのは初めてだった。彼はモニターを切り替えるのを止めて、壁一面に同じ映像を呼び出した。モニターが全体で一つになったので、細部が拡大された迫力の映像になっている。

「人魚だ！」

と、興奮して永久はぴょんぴょん跳ねた。

「あれ、あの子って人魚だよね。死んでいるけど」

モニターはどこかの研究室を俯瞰《ふかん》していた。永久が白人間と呼ぶ研究員たちが集まって、ケースから人魚の遺体を取り出している。人魚は白っぽい灰色で、Y字切開の痕《あと》がある。自分と同じ年頃の、女の子だと永久は思った。

「に……ん……ぎょ……」

と、金子も小さく答え、瞬時に顔をドアに向けた。その瞬間、壁一面の人魚がコンピューター言語に差し替わり、永久もまた床に置いていた宿題と、影人間の絵をひっつかんだ。座ったまま金子が椅子を引き、その足下の暗がりに、永久は潜り込んで身を隠す。いつからか、二人が阿吽《あうん》の呼吸でするようになった一連の行動だった。

ノックの音がしてドアが開く。折りたたんだ体の前に金子の足を眺めつつ、永久は自分の気配を消した。真っ白なスニーカーと、褐色で長い足が来る。同時に香ったのはスサナのコロンだが、永久は軽率に隠れ場所を出ようとはしなかった。

世の中は、想像もつかない仕組みで織り上げられている。安全な場所はどこにもないし、安心できる場所もないと、永久は知っている。保の研究室以外には。

「ハイ、ミク」

白いスニーカーが近づいて、一メートル向こうでピタリと止まった。サンダル履きの金子の足が、緊張したように指を動かす。ミクとスサナは仲良しなのに、やっぱりこんなに緊張するんだと、永久は思った。もちろん金子は何も答えず、もう、身じろぎもしなかった。

「相変わらず文字ばっかり見てるのね？　毎日毎日こんなものを見続けて、頭が変になっちゃわない？　ね。面白い話を仕入れたの。人魚の遺体が運ばれてくるって」

スサナはそこで言葉を切った。スニーカーの先が動いたから、ミクの反応を見ているんだなと、永久は思う。ふた呼吸ほどおいてから、

「それにもやっぱり、興味はないか」

と、溜息《ためいき》交じりにスサナは言った。

「あー残念、様子を見に来てあげたのに、いつもだんまり、冷たいね」

スニーカーが近づいて、ミクの足が緊張する。カタンと何かの音がして、スニーカーは、また離れた。

「それは今日のプレゼント。引き籠《こ》もってばかりじゃ体に悪いわ。今度ランチに行きましょう？　フライドポテトを食べるだけでもかまわないから。とにかく少しは部屋を出なさい、マイフレンド」

じゃあねシーユーと言い置いて、スサナは部屋を出て行った。

　ドアが閉まるのを待ってから、永久は隠れ場所を脱出した。金子が微動だにしないので、椅子と、テーブルと、ケーブルの隙間を、斜めに抜け出すほかはない。

「何をもらったの？　ミク」

　訊《き》いても金子は答えなかった。スサナが出て行ったのに、モニター画面もそのままで、もう人魚を映してくれない。永久のほうも興味が移って、金子が何をもらったかということのほうが、人魚よりずっと気になった。動かなくなってしまった金子のそばに、ＵＳＢメモリが置かれている。何の変哲もないシリアルバスだが、スサナがそれを『プレゼント』と呼んだことに、永久は激しい魅力を感じた。

「これなに？」

　だが、金子は心のシャッターを下ろしてしまい、返事もなければ、振り向きもしない。永久はＵＳＢメモリをつまみ上げた。

「これなに？　ねえ、これはなに？」

　壁一面のモニターに、言語の雪が降り積もる。

「ぼくも欲しい。プレゼント、ぼくにちょうだい？　ね、ちょうだい」

　永久は生まれてこの方、ほとんどプレゼントをもらったことがない。彼が持っているものといえば、着るものと、ＩＤカードと、比奈子がくれた七味缶ストラップだけだ。金子が反応しないので、永久はメモリをポケットに入れた。

「もらっちゃお。ね、ミク。これ、ぼくがもらっちゃおう」

言いながら永久は後ずさる。

人を殺すのは悪いこと。物を盗むのも悪いこと。保と生活するようになってから、そういう意識が芽生え始めてきてはいた。けれど、悪いことが具体的にどういうものなのか、まだわかってはいなかった。金子が厭《いや》がらないのなら、もらってしまってもいいと思う。きちんとお願いしているのだし、盗んだわけではないのだから。

永久はUSBメモリが入ったポケットを両手で押さえて、金子の部屋を逃げ出した。

金子はそれにかまうことなく、再びモニターを切り替えた。廊下へ出ていく永久の姿と、すでにエレベーターに乗ったスサナの姿。人魚の研究室と別の研究室を映し出す。人魚を取り囲んだ研究員らは、あれこれと検査方法を議論しているようだ。

もう一つの研究室では、四角い溶液に浸されたカリフラワーのような脳みそが、あらゆる角度からスキャンされていた。透明のバリア型モニターに描き起こされるのは脳みその三次元データだ。片隅に検体情報が記されている。

――№０１０３２ Tsuya Satoh. ♀ Birth 1970. Serial killer. ――

周囲で作業している研究者のひとりを、金子はじっと見つめ続ける。

「No.３０１１９８９……２５１，０２２，しんふぜん……」

誰もいない部屋の中、金子は小さく呟《つぶや》いた。

「ゆうれい……この人、幽霊……」

それからモニターを切り替えて、

「ＢＡＣＫしてきた……この人も」

と、また言った。けれども、そこに映るのは影人間などではなくて、センターのどこにでもいるような白衣の研究者たちだった。


同じ頃、比奈子は死神女史のモルグへ向かっていた。モルグとは、検死済みの遺体や、検死途中で別の検査を待つ遺体が複数保管されている場所なのだが、女史は廊下に置かれた灰皿のそばで煙草を吸っていた。足下には、匿名小包や送り状がビニールラッピングして置いてある。八王子西署の鑑識へ持ち込めば、三木が相応の証拠を集めてくれるだろうという。珍しくフィルターのギリギリまで煙草を吸ってから、女史は比奈子に息巻いた。

「あったまに来てんだよ、こっちはね」

灰皿で煙草を揉《も》み消して、白髪交じりのボブカットを掻《か》き毟《むし》る。

「これをご覧！　腕と一緒に送りつけて来やがったものだよ」

ビニール袋に入れたものを取り出すと、比奈子の目の前でヒラヒラと振る。それはB5判サイズにプリントされた一枚の紙だった。

――東京大学法医学研究室石上妙子博士――

文字列が朝イチニュースのキャプションと同じだと、比奈子は思った。本当に女史を知る誰かなら、東京大学法医学部気付、石上妙子教授と書くのではないだろうか。本文はなく、フリーメールのアドレスだけが打ち込まれている。

「メールしてみたんですか？」

紙を受け取って比奈子が訊くと、

「まさか」

と、女史は鼻を鳴らした。

「馬鹿野郎の思惑どおりに動いてたまるもんかね。少なくとも、あたし独りじゃメールはしないよ。それより先に、やることもあるし」

だから比奈子はガンさんに連絡した。

メールアドレスを写真に撮ってデータを送り、小包の中にそれがあったと伝えると、ガンさんはしばし考えてから、東海林をそこへ向かわせると言った。すでに警視庁捜査一課の人になってしまった東海林だが、今も猟奇犯罪捜査班の一員であることに変わりはないということらしい。

「東海林先輩が来るそうです」

通話を切ると、彼女は「ふん」と、唇を歪《ゆが》めた。

「木偶《でく》の坊は、捜査一課で頑張ってるってね。赴任早々、加藤《かとう》ってベテラン捜査官と一悶着《ひともんちゃく》起こしたって聞いてるよ」

加藤はたたき上げの敏腕刑事で、猟奇事件に関しては警視庁のエキスパートと噂されるようになってしまった所轄の厚田班を目の敵にしている。飄々《ひょうひょう》とおちゃらけた東海林が口に出さない本庁での苦労を、比奈子はなんとなく思い遣《や》った。

「大丈夫なのかしら。所轄の厚田班に協力していて……」

思ったことを口にすると、

「あんたたちはみんな、似てるよね」

モルグのほうへ歩き出しながら、死神女史は比奈子に言った。

「似ているって、誰にですか？」

廊下に置かれた小包の空箱その他を、急いで抱えて比奈子が続くと、

「ハゲ」

と、死神女史は笑いながら、モルグのドアを静かに開けた。

比奈子はドアの外に荷物を置いた。

「厚田警部補の若い頃にさ、あんたたちみんな似ているよ。バカはバカを呼び寄せるんだねえ、因果なことだ」

モルグの内部は、いつも冷えて、薄暗い。壁一面を覆う遺体保存用の冷凍ストッカーの前のカートに、小包の中身は載せられていた。

通常は遺体が載るステンレス製カートだが、あまりに小さい腕が二本だけ、ちんまりと置かれた様子はシュールに過ぎる。ホルマリン臭もアルコール臭もなく、漂うのは遺体に使う薬品の臭いと、劣化した血液の甘ったるい腐臭だけだった。

「これがその腕ですか？　ホルマリン漬けにされていないんですね」

「そう」

言いながら女史は照明を点《つ》けた。居並ぶカートは、空のものもあれば、司法解剖済みの遺体を載せたものもあるが、腕だけが載ったカートは一台きりだ。

あまりに痩《や》せた腕だった。

比奈子はハンカチで口を覆って、幼気《いたいけ》な腕を覗《のぞ》き込んだ。上腕部で切り離されて、肉から丸い腕骨頭が剝《む》き出している。切り口に滲《にじ》むのは薬品臭のある液体で、皮膚はすでに張りがなく、幾分か萎《しぼ》んでいるようだった。目を惹《ひ》いたのは腕の外側で、人魚の下半身とは全く違う、爬虫類《はちゅうるい》の鱗《うろこ》がついていた。均一に重なる蛇の鱗とも違い、石畳が膨らんだような形状だ。鱗部分は色が濃く、トカゲの背中のようにゴツゴツしている。

「エンバーミングを施されてる」

と、女史は言った。

「でも、ホルマリンで固定されていないから、DNAが検出できる」

「死後に切り取った腕なんでしょうか」

中途半端な形に固まった指を見て、比奈子は訊《き》いた。三歳児くらいだろうか。人魚よりずっと幼い腕だ。五本の指には爪があり、形状も人間のそれに等しいが、親指と人差し指、中指と薬指の間にだけ、半透明の膜が張っていた。水かきというのがこれだろう。

「生体反応がないからね。死後に肩から外されたんだと思う。水かきは先天的なものかもしれない。鱗は魚鱗癬《ぎょりんせん》のようにも見えるけど」

「魚鱗癬ですか？」

「表皮細胞の分化異常が引き起こす遺伝性の病だよ。皮膚が厚くなって鱗のように見えるからそう呼ぶんだけど、先天性のものかどうかは、調べてみないとわからない。検査機関に細胞を回しているけど、もしも、これが……」

女史は握手をするように、遺体の小さな手のひらを両手で包んだ。

「作為的に引き起こされた症状だったら……そのクソ野郎を、どうしてくれよう」

照明ライトがメガネに当たり、女史の燃えるような瞳《ひとみ》に光る。

「大人も子供も年寄りも、命に変わりはないと思うけど、それでもやっぱり、幼気な子供にこんなことするのは許さない。あたしはね、あの人魚を見てから、ずっと考えているんだよ。人類は細胞を研究する。受精卵を操作することがあるし、胎児を掻爬《そうは》することだってある。何が正義で、何が悪で、どこからが命で、どこからが魂なんだろうって。この子たちはなんだろう。どこで生まれて、どんな目に遭って、あたしのところへ来ちゃったのかなって」

そのまましばらく絶句してから、

「さあ」

と、女史は比奈子を振り向いた。

「DNA検査の結果、これはAB型の、男の子の腕だとわかってる。鱗の下には皮膚癌も発生してる。そして、この子は死亡している。どこかにいやがるんだよ。子供にこんな酷《ひど》いことをして、悦に入ってるマッドサイエンティストと、その組織がさ」

「組織ですか？」

「決まってるだろ」

と、女史は吐き捨てた。

「場所も設備も金もいる。個人でできることじゃない。なんであたしにこんなものを送りつけてきたのか知らないけど、必ず後悔させてやる」

そう言うと、死神女史は小さな腕を白布で包んだ。

モルグを出るとき、比奈子は気付く。ドアの脇には線香立てが置かれていて、ヤクルトと、明治のミルクチョコレートが供えてあった。モルグに花粉を飛ばさないようビニール袋に入れられて花を閉じてしまったタンポポも、女史が摘んできたものだろう。モルグの内部に合掌してから、比奈子は女史を追いかけた。


死神女史のラボへ行く途中、比奈子は片岡から電話を受けた。

「俺だ、俺だよ、こんちくしょうめ！」

片岡が興奮して叫ぶので、新しい事件が起こったのかと心臓が縮む。

「どうしましたか」

「あった。ありやがったんだよ！　三木にすぐデータを送らせるから照合してくれ」

「え？　片岡先輩、落ち着いて話していただけませんか？」

懇願すると、電話は突然真紀に代わった。

「月岡です。片岡刑事はようやくトイレに……なので私が説明します」

手分けしてサーチを始めたとき、片岡が担当したのは妊婦や幼児がらみの未解決事件だった。パソコン操作に不慣れな片岡は、鑑識のブースを借りて、三木らがモニターに呼び出した事件ファイルを片っ端から読み続けていたのだった。

「その中に二〇一五年の五月、東村山市の子供病院で一歳二ヶ月の男の子が行方不明になった事件があって……あ、帰って来た」

電話はまた片岡に代わる。

「ちびりそうになってトイレ我慢してたの思い出したぜ。藤堂あのな、死神のオバサンに送りつけられた腕には、水かきがあるって言ったよな？　それでピンと来たんだが、調べていた未解決事件の中に、水かきを持つ赤ん坊のがあってよ」

「それが東村山市の事件だったんですね？」

「そうだ。生まれつき、指の間に水かきみたいな膜があって、一歳になるのを待って手術することになっていたらしいんだ」

「水かきだけですか？　鱗……例えば魚鱗癬のような病気を持っていましたか」

「ねえよ。他にはなにもねえ。名前は藤田将《ふじたしょう》くん、てんだ。手術の事前検査で子供病院を訪れて、ほんのわずか母親が目を離したスキに行方不明になっている。身代金の要求もなく、事件は未解決。血液型はＡＢで、手術のための検査データにＤＮＡの記録もあった。三木がそっちへ……ってか、もう送ったとさ」

「わかりました」

電話を切ってラボに入ると、死神女史はすでにパソコンを立ち上げてＤＮＡの塩基配列を調べていた。

「電話はこのことかい？　そうだよね」

常にブラインドが下がった薄暗い部屋で、パソコンの明かりが、細長い女史の後ろ姿を逆光にしている。端々が銀色に光るボブカットに、比奈子は炎が燃え上がるのを見た気がした。死神女史は怒っている。女史だけでなく、片岡も、真紀も、もちろん比奈子も怒っていた。

「ＤＮＡが一致する。いったい、この子は誰なんだい？」

「藤田将くんという男の子です。生きていたら三歳二ヶ月。先天的に水かきがあって、手術の事前検査に行った東村山市の子供病院で、行方不明になっていました」

「なんてことだい……」

　死神女史は舌打ちをした。

「木偶《でく》の坊はまだなのかい？　犯人が寄こしたアドレスに、呪いのメールを送ってやりたくなってきたんだけどね」

「先生、もうちょっとだけ待って下さい」

　比奈子は慌てて女史のそばへ行き、とりあえずブラインドを開けて風を呼び込んだ。外は新緑のシーズンだ。こんなに気持ちのいい季節だというのに、殺されたあの子たちにはもう、わからない。今では比奈子も死神女史も、これは猟奇事件だと思っており、そのことが余計にやるせなかった。風に混じって子供の元気な声が聞こえて、比奈子は自分を落ち着かせる為に、深呼吸しなければならなかった。

「東海林先輩が来る前に、野比先生と話すことはできないでしょうか？　ちょっと気になることがあって、野比先生の見解をお聞きしたいんですけれど」

　なんだい、と訊きもせず、女史は即座に「いいよ」と言った。

　塩基配列を確認していたパソコンを閉じて、別の一台をデスクに載せる。それはセンターとの連絡専用パソコンで、履歴がすべて記録される代物だった。何重かのパスワードを打ち込んでから、女史は比奈子に席を譲った。

「メールしていいよ。彼に伝わるから」

比奈子はキーを打ち込んだ。

——件名：狭山湖人魚遺棄事件についてのご質問——

東海林から出されていた二つの宿題を、どちらも消化していなかったことを、比奈子は思い出していたのだった。そのうちひとつがこれである。

『いやさ、人魚を作った動機とかそういうんじゃなくて、あれをゴールデンウィークの真っ最中に、狭山湖に捨てた心理ってどうなんかなって』プロファイラーに訊《き》いて欲しいと言っていた、東海林の言葉を思い出す。

人魚を創った心理ではない。なぜあれが狭山湖に捨てられなければならなかったのか。比奈子はそれを保に訊いた。送信後わずか数分で、保はメールを返してきた。

——お疲れ様です。先日の件ですが、無事に検査が始まったと、スサナから報告がありました。詳しくは別途報告書が行くはずですので、ご確認ください。

さて。お問い合わせの件ですが、物理的な理由と心理的な理由、二つの側面があると思われます。ひとつは遺体がホルマリン漬けで、遺棄されたときはビニール袋で包まれただけだったという点です。ホルマリンは揮発性の劇物なので、その状態で長時間運搬することは不可能だった。荷台と運転席が完全に隔離された商用車ならともかく、トランクルームや後部座席に置いた場合は、なるべく早く遺棄する必要があったはずで、やむなく狭山湖に遺棄しただけかもしれません。

もう一つは、それが『人魚の遺体である』ことをアピールしたかった場合です。人魚だから水の中に遺棄することが正しいと犯人は思ったのかもしれませんが、それなら海に遺棄した方がリスクは少なかったはずで、ゴールデンウィークで周辺に人出が多いことや、狭山湖が貯水池として監理されていることなどに鑑みて、犯人は、人魚を早い段階でひと目に晒《さら》したかったのではないかと思われます——

「確かにね。田中管理官の話だと、Nシステムに商用車は映っていなかったってことだから、もしかすると、湖の比較的近くから運ばれたのかもしれないよ。あんなものと一緒に車に乗っていられる時間は、そう長くないはずだしね」

女史が言うのを聞きながら、比奈子は返信のキーを叩《たた》いた。

——なぜアピールしたかったのでしょう？——

——あれ。もしかして比奈子さん？——

と、保は訊いた。文字の打ち方で、保にはわかってしまうのだ。

——はい——

と、比奈子も素直に返す。あの白い部屋で、ストロベリーキャンディーの包み紙を前に置き、パソコンに向かう保の姿が想像できた。

──人魚を創った人物がそれを遺棄した場合、その人物の自己顕示欲がそうさせたと考えることもできますが、人魚は遺棄現場に『飾られていた』のではなく、『遺棄されていた』わけですから、人魚を保存していた環境もしくはその人物に、何らかの変化があったと考えるのが妥当でしょう。変化には心理的変化と物理的変化がありますが、この場合は、物理的な可能性が大だと思う──

──例えばどんなことですか？　物理的というのは──

──遺体を保存していた場所がなくなってしまったとか、遺体を発見されそうになって遺棄せざるを得なかったとか、もしくは──

そこでしばらく通信が途切れ、保は、

──遺棄することで、何らかのメッセージを送ろうとしたとか──

と、返してきた。

──まだ調査段階のようですが、人魚は合成された遺体の可能性が高いということでした。その技術が如何《いか》ほどのものかわからないけど、石上博士がこちらへ調査を依頼されたということは、いたずらに創られた物ではないということで、そう考えると、然《しか》るべき機関に対するメッセージかもしれません。能力のある相手にのみ、自分を探して欲しいとか。その場合、犯人は再びメッセージを送るかも――

比奈子は女史を振り仰ぎ、パソコンに情報を打ち込んだ。

――人魚の遺体が発見された数日後、今度はホルマリン漬けにされた下肢が別の場所から見つかっていて……――

打ちながら、比奈子は、

「練馬区で見つかった足は、どうしたんでしたっけ？」

と、女史に訊いた。

「あれもセンターへ手配した。人魚の下半身の一部表皮の形状が、大腿部《だいたいぶ》から剝《は》ぎ取られた皮と一致しそうだったものでね」

――それも、そちらへ送ったようです――

――他にも動きがありますか？　人魚の他には――

死神女史が頷《うなず》いたので、比奈子はさらに情報を追加した。

――七年前に行方不明になった三歳女児の下肢部分が、一年後、焼かれた状態で発見されるという事件がありました。同じ女児の頭部及び上半身と思《おぼ》しき骨が、さらにその一年後、富士樹海で見つかっているんです。骨の一部は……――

「そういえば、変形した遺骨が届いていますよね？」

「DNA検査に回した結果、異形の骨は佐藤みほ子ちゃんのもので間違いなかった」

——……やはり変形させられていたんです。それと、皮膚が鱗《うろこ》状になった男の子の腕を石上先生に送りつけてきた人がいて、メールアドレスが添付されていました——

——メールをしたんですか——

——まだです——

それきり保の返信は途絶えたが、入れ替わるように別の受信履歴がモニターに浮かんだ。人魚の検査を依頼した、センターの海洋生物学者からだった。

「先生、メールが来ています」

比奈子は女史と席を替わった。

後ろでも、コツコツとノックの音がしていた。比奈子がドアを開けに行くと、

「ちーっす」

と、東海林が入って来た。

「よ。藤堂、久しぶり。あれれ、死神のオバサンは？」

「聞こえているよ。早く入りな、木偶の坊」

パソコンを睨《にら》んだままで、女史は東海林を一喝した。ほんの少しだけ首を竦《すく》めて、

東海林は部屋に入ってくる。

「つか、俺もさ、真紀ちゃんから逐一報告もらってんだよ。彼女、仕事が早いじゃんか？　内容も的確で助かるんだよなー。今度お礼にごはん誘わないとな」

「事件が解決してからにして下さいね」

比奈子は東海林を冷たくいなして、死神女史が八王子西署へ持ち込むように用意した小包や送り状、そしてB5判のメモを見せた。

「ん。やっぱ、ただの捨てアドだな。メールしたんか？」

「まだです」

「賢明な心がけだ。で？　送られて来た腕ってのは」

「モルグです。二年前の五月に東村山市の子供病院で行方不明になった、藤田将くんという三歳男児のものだとわかっています」

「やることが早いねえ」

と、感心して東海林は言った。

「片岡先輩のお手柄です。ここ十年くらいの、児童が絡んだ未解決事件を端から調べてくれていて、特徴が一致する男児行方不明事件に行き着いたんです。送られた両腕は皮膚が鱗状に変異して、皮膚癌を発症し、切断面に生体反応がないことから……」

「つーことは、ダメなんか」

「はい。残念ながら、すでに亡くなっていると思われます」

「くそったれめが」

東海林もまた悪態を吐いた。

「先生は犯人とメールで話してみるつもりのようで、だから、ガンさんが東海林先輩をここへ寄こしてくれたんです」

「聞いてるよ。つか、田中管理官も本庁に帳場を上げる準備に入った」

「よかった。だって、酷《ひど》い事件だもの。人魚だけまだ身元がわかっていないんですけど、あの子もさらわれた子供なのかもしれません。犯人が許せないです」

比奈子の肩にポンと手を置き、東海林は死神女史の後ろに回った。女史はモニターで写真を見ている。それはセンターへ送られた人魚の下半身と、練馬区に遺棄された下肢を並べたもので、大腿部から剝ぎ取られた皮の形状が、魚の部分と一致していた。

「うへぇ……」

と、東海林は口を覆った。

「人魚人魚と騒いでんのは知ってたけどさ、まさかホントに、こんなシュールなビジュアルだとは思わなかったぞ。合成写真だと思ってたのに」

「これはね、センターの海洋生物学者が集めたチームの報告書だよ。練馬区で見つかった下肢の大腿部に皮膚がなかったのは、このせいだ。アルコール溶液から引き上げられて表皮が乾燥したことで、厚みの違う接合部分にズレができたらしいねえ。恐ろしく丁寧に創られているけど、これはやっぱり加工された人間の遺体だ。この子は背骨が変形していたけど、そこにパーチという淡水魚の背びれをつけて、ナマズの尾びれと接合し、さらに赤い溶液で着色してあったって。人間と水生生物をミックスして、創り上げたものだったんだよ」

「ふざけやがって、なんだってそんな、ひってえことをしたんすか」

「くそったれの心理はわからない。わかりたくもないけどね」

「実は、ドクターＡかもしれない人物が、捜査線上に浮かんできたんです。勝浦大のバイオメディカル研究センターにいた奈良崎教授の教え子で、我孫子という名字だったことがわかっています。倉島先輩が今、聞き込みに行っているんですけど」

「勝浦大の奈良崎教授？」

死神女史は頭を上げた。

「ご存じなんですか？」

「ちょっと待って」

と、いいながら、女史は自分のパソコンを引き寄せた。

「病理解剖のリストにさ、そんな名前があったような……同じ大学教授だったから、覚えているんだよね。もっとも、病理解剖にあたしの出番はないんだけど」

モニターに専用ソフトを呼び出して、解剖記録の病理解剖リストへ飛ぶと、女史は、「いつ頃？」と、比奈子に訊《き》いた。

「翌年のシンポジウムに来なかったってことですから、六年前だと思います」

「六年前ね……あ。あった、うちで解剖はやってない。奈良崎純一郎《じゅんいちろう》教授は、勝浦大の病理部で献体として病理解剖されている。この人、変死だったのかい？」

「風邪で病院へ行くと連絡があった日の午後に、虚血性心疾患で亡くなったと聞いています」

「病院は……カシマ・ギネコロジカルか。これって産婦人科病院じゃないの？」

その名前に比奈子は聞き覚えがあった。都内の産婦人科の口コミ情報を調べたとき、何度か見かけた名前であった。

「たしか、産婦人科だけでなく、診療科目に心療内科、内科、小児科もあったと記憶しています。所在地は……東村山市の」

比奈子と東海林は、思わず顔を見合わせた。

「におった。今なんか臭ったぞ、またも東村山市、それって臭くね？」

東海林は自分のスマホを出して、

「藤堂、住所、もう一度」と、比奈子に言った。

捜査手帳を確認しながら地番を告げると、東海林はグーグルマップで病院を調べ、

「マジ、狭山湖にも、勝楽寺にも近いぞ、ここ」

と、勝ち誇ったように宣言した。

「どんな病院なんだい？　その、カシマ・ギネコロジカルって病院は」

「不妊治療の専門外来がある、比較的大きな個人病院みたいです。産婦人科の口コミサイトで調べた時に、妊娠後期の流産が多くて気にはなっていたんですけど」

「真紀ちゃんに聞いたけど、受精卵を操作していた可能性を考えてんだって？　キモチワルっ」

激しく顔をしかめて東海林が言う。

「狂った研究者が狂った研究を推進しようとしたならば、あり得る発想だと、あたしは思うよ」

女史はそう言って煙草に火をつけた。その横で、センターのパソコンが着信音を鳴らす。

「プロファイラーからメールが来たよ」

東海林は身を乗り出して「お」と、言った。

「おま、聞いてくれたんか？　俺が言ったこと」

比奈子はコクンと頷《うなず》いた。新宿署の刑事の自殺について、ガンさんに伝えそびれていることは黙っていた。

「プロファイラーの話では、人目につく場所に遺体が遺棄された理由について、『話のできる相手を炙《あぶ》り出すつもりだったから』ってのが優勢みたいだ。で、あたし及び猟奇犯罪捜査班が選ばれたってことみたいだよ」

モニター画面に覆い被《かぶ》さるようにして、女史は東海林にそう告げた。メールが中島保からであることを隠してくれているのだった。

「プロファイラーはこう言っている。メールで話すことは有効だろうと。向こうはあたしが司法解剖に携わって警視庁と繫《つな》がりがあることも知っているはずだから、それなりに警戒しているはずなのに、それを押しても連絡を取ろうとしているところをみると、よほど何か、切羽詰まった事情があるんだろうと。だから、そういうつもりで訊いてくれとさ。向こうは話したがっているはずだって」

「は？　クソ野郎の切羽詰まった事情なんか、ふざけんなとしか言えねえんすけど」

女史はクルリと振り向いて、東海林の顔に煙草の煙を吐きかけた。

「先《ま》ずはそのクソ野郎を捕まえる。そのあとなら、なんでも言ってやるがいいさ。で？　あたしはどうすればいいんだい？」

比奈子のスマホが鳴り出して、出ると鑑識の三木だった。

「藤堂刑事が厚田警部補に送ったアドレスを確認しまして、プロバイダに繋ぎをつけました。東海林刑事はもう、そちらに？」

「来ています」

比奈子はスマホを東海林に渡した。

「お疲れっす。なんか、最近やること早くねえすか厚田班は」

ひと言二言軽口を叩《たた》くと、あとは神妙な面持ちで打ち合わせをして、東海林は比奈子にスマホを返した。

「メールに使っていいパソコンはどれっすか？」

東海林が訊くと、女史はセンターの専用パソコンをスリープさせて、別のパソコンを引き寄せた。

「それ、ちょっといじらせてもらっていいっすか？　三木さんが待機してるんで、あっちでもメールを見られるようにしますから」

「変なソフトを入れるとか厭《いや》だよ。仕事のパソコンなんだから」

「そんなこたあ、しねえっす。でも」

と、ちょっと考えてから東海林は言った。

「万が一ってこともあったりするんで、デスクトップのデータを、他へ移してもいいっすか？」

「仕方がないねえ。それもあんたがやっとくれ。万が一でもデータが飛んだら承知しないよ。あとできちんと戻すこと」

死神女史が立ち上がって席を譲ると、椅子に座るなり、

「藤堂、お茶。いや、コーヒー」

と、東海林はのたまう。比奈子と女史は首を竦《すく》めて、互いを見やった。

「八王子西署とは違うんだ、ここには自販機しかないよ」

「あ、そうかクソ」

振り向きもせずに呟《つぶや》くと、東海林はそのまま無言になった。ネットに繋いで、忙《せわ》しなくキーを叩き続ける。比奈子は自分のバッグから財布を出した。

「ちょっと飲み物を買ってきます。先生も、コーヒーでいいですか？」

「悪いねえ」

比奈子はラボを抜け出した。医学館外の自販機へ向かおうと、長い廊下を歩いているとき、また着信があり、今度は倉島からだった。

「我孫子勝《まさる》は学内にいない。大学院に残らなかったようなんだ」

思わず足を止めたのは、声に興奮を感じ取ったからだ。倉島は何か情報をつかんだのだ。チームだから、相手の心がよくわかる。比奈子は周囲を見回して、ゆっくり通話できる場所を探した。

「藤堂刑事が見た論文は、我孫子勝のもので間違いない。ある意味特異な学生だったらしくって、大学に残った学友たちが、彼のことをよく覚えていてね」

「特異な学生？　どういうことですか」

細長い廊下は片側にずらりとドアが並んで、逆側が窓になっている。いつも女史の灰皿を洗いに行く給湯室に比奈子は入り、倉島の返事を待った。長い足で忍に跨《また》がったまま、首と肩でスマホを固定し、手帳をめくる姿が目に浮かぶ。

「我孫子勝は二浪して大学に合格した。七年前は二十六歳。現在の彼は三十三歳。勝浦大での専攻は発生工学で、疾患の遺伝学的解析を研究するチームに入っていた」

「バイオテクノロジーと無縁じゃなさそうだってことくらいしか、私にはわかりません」

比奈子も自分の手帳を出してメモをする。話が難しすぎて何のイラストも描くことができず、目の前にある給湯器をスケッチした。

「遺伝的疾患の原因を解き明かすことが研究の目的であったのに、彼の興味は、次第に狂気にシフトしたようなんだ。学友は、彼がアニメマウスを創ったのを見たことがあると言っているんだ」

「アニメマウスですか？」

「生体は金色の体毛を持つスナネズミ。ただし、両耳が巨大で長く、その先が黒く、尻尾《しっぽ》もイナズマ形をしていたというんだよ。尻尾をイナズマ形に成長させるためには、生まれてすぐに型枠に塡《は》め込めばいいと言っていたそうだ。外科的な形成術を加えられたネズミの生存率は五十分の一で、友人が見た時、スナネズミはまだ生きていたというから、その腕前は相当のものだったらしい」

「腕前……ですか？」

「我孫子はもともとキメラ研究に異常な執着心を燃やしていた。様々な生き物をミックスして異生物を創り出す強い願望があったんだ。生体を変異させるためには相応の時間も手間もかけたというし、彼が異生物と称して創った合成死骸《しがい》を高額で買い取る顧客までいたという。人魚のニュースが流れたときは、我孫子の仕業じゃないかと噂になったそうなんだ」

異生物を創る趣味。それが高じて人間に手をかけたくなったというのか。そんな
……比奈子はぎゅっと唇を嚙《か》んだ。けれど、そんな事件が実際にあるということを、猟奇犯罪捜査班は知っている。残念ながら、経験として知っているのだ。

「情報はまだあって、大学生だった我孫子勝には妻がいた。戸籍を調べたところ、彼は二十三歳の時に十七歳の少女と結婚している。すぐに離婚して、今は独身。住民票は青梅市だけど、これは我孫子の実家であり、彼の居住実態はないようだ」

「二十三で十七の妻……もしかして、赤ちゃんができたってことですか？」

「鋭いね」

倉島は苦笑する。

「藤堂刑事の推測どおり、妊娠したから結婚し、けれど子供は生まれていない」

「生まれていない？」

「出生届が出ていないし、たった一年で離婚している。二人のその後を調査したら、奥さんのほうは再婚して子供も二人。今は町田市《まちだ》で暮らしていることがわかったよ。しかも」

と、倉島は言葉を切った。

「奥さんは、栃木県那須町の出身なんだ」

「那須町というと、赤ちゃんのホルマリン漬け事件があった？」

「別荘の管理人をしていたのが、奥さんのご両親だ」

武者震いがした。

「我孫子勝という人は？　今、どうしているんですか」

「そこだけど……」

と、一呼吸してから、倉島は先を続けた。

「我孫子の恩師奈良崎教授は、大学院で研究を続けて博士号を目指すようにアドバイスしていたらしいんだ。でも、奇妙な趣味の恩恵なのか、卒業時の我孫子はすでに羽振りがよかったと学友たちは言っている。どんな企業に就職したのか、大学に記録がないのだけれど、我孫子はパトロンを見つけたのでその研究機関に入ると話していたらしい」

「どこの研究機関かしら」

「それを知る者はいなかった。けど、たまたま一人、卒業後に我孫子と会った人がいてね。場所は富士河口湖町《ふじかわぐちこ》。湖畔のレストランで偶然会って話したようだ。どちらも観光だったようだけど、季節は春、五年前の四月下旬のことらしい」

三木のモニターに浮かんでいた頭蓋骨《とうがいこつ》が思い出される。比奈子はスマホに呟いた。

「佐藤みほ子ちゃんの上半身が、富士樹海に遺棄された頃と同じです」

「そうなんだ。みほ子ちゃんが行方不明になったのは東大和市で、東村山市と近いよね。燃やされた足が遺棄されていた場所も、すべて狭山湖の周辺だ」

「こちらへ送りつけられた腕の持ち主も、東村山市の子供病院で行方不明になった赤ちゃんだったとわかっています。事件はすべて、狭山湖の周辺で起こっているってことですね」

「我孫子勝の周辺で起こっていたと言ってもいいかもしれない」

「彼がドクターAだったとして……まさか……水槽の赤ちゃんが我孫子の子供だったなんてことは……ないですよね。いくらなんでも」

「ぼくはこれから町田市へ飛んで、もと奥さんに会ってこようと思うんだ。センシティブな内容だから、藤堂刑事にも同行してもらいたいのだけど、どうだろう？」

比奈子は顔を上げ、少し考えてからこう言った。

「ただ……これから死神女史が、犯人と思《おぼ》しき相手にメールをするところなんです。ですから倉島先輩。一旦《いったん》こちらへいらしていただけませんか」

「そうか、わかった」

と、倉島は言って、通信は切れた。

缶コーヒーは後回しだ。

飲水用の紙コップに給湯器の熱湯を注いで、比奈子はすぐさま死神女史のラボへ戻った。

第六章　ＭＩＸ

標本はすべて処分した。

殺風景になった研究室を見回して、彼は、これからどうすればいいか考えた。テレビに映った女教授にヒントまで送ってやったのに、あいつは連絡を寄こさない。

「ちくしょう……」

と、呟《つぶや》きながら、極小のマイクロSDを生体適合ガラスで包む。

もしもの時はこれを呑《の》み込もうと決めながら、奴らなら、平気で俺の腹を裂いて取り出すだろうと、また考える。命の保険としては隠すほうが得策か。そう考えたすぐ後に、奴らがどんな拷問をやってのけるか思い出す。全裸で椅子に縛られて、皮下組織が破壊されるほどタオルで滅多打ちにされ、生きたまま目玉を刳《く》り抜かれ、両手首を切り落とされてはたまらない。ミンチになった自分の血肉を浴びながら、骨の切断される音を聞くなんて。

「クソクソクソっ！」

髪を掻《か》き毟《むし》った弾みでメガネが落ちる。彼はそれを拾い上げ、手近な椅子に腰を下ろして、頭を抱えた。騙《だま》すつもりは毛頭なかった。研究は、いつか成功する予定だったのだ。いや、そうじゃない。研究の成果が遅いから切り捨てられるわけじゃない。どこかで何かが狂ったのだ。俺は奴らをなめていた。俺が思うほど、奴らは俺の価値を買ってくれてはいなかった。ボス同様に殺されて、豚の餌《えさ》にされるのだ。

がらんどうになった研究室に、ノートパソコンが開かれている。窺《うかが》うようにそちらを見たが、メールの着信はまだ来ない。頼む。早くしてくれ。早く。

待ちきれずにスリープ画面を解除すると、壁紙にしている絵梨花《えりか》の写真が浮かび上がった。無数のチューブにつながれて、水槽に横たわる愛しい娘。とうとう、救ってやることはできなかった。彼はモニターを優しく撫《な》でた。絵梨花が幸せだったかは、わからない。十年足らずの人生をここで過ごすことしかできなくて、しかもそのほとんどが意識不明の状態だった。それでもせめて最後だけはビニール袋から彼女を出して、自由に泳がせてやるべきだった。透明な水の中で、人魚のように。

「ごめんよ、絵梨花……」

と、彼が呟いたとき、着信メールのアイコンが点《つ》いた。

死神女史のラボでは、キャンプ用の折りたたみテーブルで、女史と比奈子と東海林が頭を寄せ合っていた。散らかり放題のデスクに載せたパソコン周りに三人も集まったら、書類や灰皿に体が触れて乱れるだろうと女史が提案したためだった。デスクには雑多に物が積み上がっているが、女史に言わせればすべて然《しか》るべき場所にあり、勝手にいじられてしまうと仕事に支障が出るというのだ。

比奈子と町田市へ飛ぶはずだった倉島は、あの後すぐに電話を寄こして、聞き込みには比奈子ではなくガンさんに同行してもらうと言って来た。散らばっていた捜査情報が、ここに来て一気に同じ流れに乗りはじめていることを、倉島も感じているからだ。彼は比奈子を待っていられず、比奈子も持ち場を離れることができない。とにかく慎重に、急いで事を運ばなければならないと、ガンさんが腰を上げたのだ。

「んじゃ、アクセスしますか」

スマホで三木と打ち合わせながら東海林が言う。

「どんなふうに話せばいいんだい？　木偶《でく》の坊」

「せめて、警視庁捜査一課の、とか、木偶の坊の前につけてくれないっすか」

「ふん」

と、女史は鼻で嗤《わら》った。

「だからさ、どうするんだい木偶の坊」

細い目を余計に細めて、東海林はカリカリ頭を掻いた。

「や。もう、好きにやってもらっていいっすわ。つか、何か指示して聞いてもらえるとも思えないっす。あとはこっちに任せてもらってかまいませんから」

「あまり待たせすぎてもよくないかもしれません。相手が警戒してしまうかも」

咥《くわ》え煙草を揉《も》み消すと、死神女史は息を吸い、ひと息にキーを叩《たた》いた。

――件名：特になし――

わざわざそう打ち込んで、鼻から二本の煙を吐き出す。

――ふざけた真似しておくれだねえ。何を考えてるんだクソ野郎！――

女史は送信ボタンを押した。

「げ。いきなりケンカ売っちゃったんすか」

東海林が言うと、

「当たり前だろ。そっちだってクソ野郎と言ってたじゃないか」

と、女史が答える。比奈子は無言で首を竦《すく》めた。

「このくらいで済んだことに、相手は感謝するべきだよ。まったく腹が立ったら、ホントはね、一晩中でも罵詈《ばり》雑言《ぞうごん》を打ち込んで、送りつけてやりたいくらいだよ」

「お気持ちはわかりますけど、これは捜査なんすから」

「なんだいその言い方は、どいつもこいつもハゲそっくりになってきやがって」

「まあまあ。つか、きやがってって……怒ると血圧上がりますって」

「余計なお世話だよ、スカポンタン」

東海林のせいじゃないのはわかっている。それでも、幼気《いたいけ》で残酷な遺体を間近に見てきた死神女史は、もう怒りを抑えられないのだ。ブラインドを開けた細長い窓に、小鳥の影が差して去った。車のクラクションがどこかで聞こえ、比奈子は立って行って窓を閉めた。元通りにブラインドを下ろし、暗くなった部屋に照明をつける。東海林の緊張した息遣いが聞こえ、死神女史がミルクチョコレートのパッケージを乱暴に破ったとき、メール受信の音がした。

「来たっ！」

聞こえるはずもないというのに、東海林はパソコンに声を潜める。

――Re: 特になし
東京大学法医学研究室石上妙子博士。はじめまして。ご連絡頂きありがとう存じます。かねてよりあなた様のご高名は存じ上げておりました——

「嘘つくんじゃないよ。朝のニュースで知ったくせに」と、死神女史。

——都内及びその周辺で立て続けに起きた猟奇犯罪事件の解決に於《お》いて、人知れずあなた様のご尽力がありましたことも承知しております。

お送りいたしました品が、あなた様の実績や今後のご高名に必ずやプラスになるものであることも確信いたしておりました。聡慧《そうけい》なあなた様はすでに気づいておいでと拝察しますが、これはまだ、ほんの始まりに過ぎません。

聞き及びますに、倫理的に許されない罪を犯した犯罪者であっても、安全に研究を全うできる施設が存在するそうですね。わたしの人魚も、さしずめそこへ送られたことでしょう。わたしの望みは刑務所ではなくその施設に収容されること。他には何も望みません。御礼は重々

我孫子　勝——

「ドクターA」

と、比奈子は呻《うめ》いた。本気なのか、からかわれているのか、幼児の遺体を送りつけてきた犯人が、本名を名乗るなんてありえない。それとも彼は、本物のマッドサイエンティストなのだろうか。

「ばっか……やろう……が」

女史は震え、それを隠すように両腕を振り上げて自分の髪を掻き毟り、腕を上げたまま固まった。その目はじっとメールを見ている。

「どうすか、三木さん」

同じようにモニターを睨《にら》んで東海林が吠《ほ》えた。

「やっぱりか。え？　んじゃ、プロットしたマップを送って下さいよ。こっちも確認しますから。もちろんです。俺と藤堂とで手分けして、端から確認しますって」

「なんですか？」

訊《き》くなり比奈子のスマホに着信があった。三木が送ってきたのは多摩湖《たまこ》近くを丸くプロットした地図で、我孫子勝を名乗る人物のメール発信エリアだという。

「藤堂、拡大して確認だ。俺はこっちを、ちょっとゴメンって死神のオバサン」

東海林は速やかに女史を立たせると、いきなりパソコンの電源を落とした。

「なにをするんだい」

「念の為ってヤツですよ」

またパソコンを起動させ、何かのプログラムを作動させる。

「なんかあっちゃマズいんで、こっからメールしたっつぅ履歴を消すんすよ。だって、アブナイ組織が関わってるのかもしれねえんっすから。でも大丈夫、向こうもすでに追跡されてんのがわかってるはずで、もうメールは来ないっす。つか、俺らが行くのを大人しく待ってるはずですもんね」

「どうしてそんなことがわかるのさ」

激しくキーを叩きながら、しれっとして東海林は言った。

「たしかプロファイラーが言ってたんすよね？ 向こうが俺らを選んだって。つまり、俺らはヤツの望みどおりに事件をひもとき、只《ただ》のぼんくらじゃないと認めてもらった。で、ヤツは優秀な俺らに迎えに来て欲しくって、発信履歴をこっちへ流した。それならお望みどおりに逮捕して、目に物見せてやらないと」

比奈子は画像を拡大し、つぶさに地図をチェックした。発信エリアは東村山市と東大和市を跨《また》いでいるが、緑地帯で住宅のない都立狭山公園と東大和緑地は省いてもいい。いや、まてよ。と、比奈子は思う。みほ子ちゃんの足や、将くんがさらわれた子供病院、人魚が遺棄された場所をエリアに重ね合わせると……地図を追いかける視覚の裏で、記憶が激しく交錯する。ドクターAこと我孫子勝は、みほ子ちゃんを畑で拉《ら》致《ち》し、子供病院から将くんをさらった。さらに、我孫子の研究に危機感を抱いていた、恩師の奈良崎教授は変死した。教授が死んだ病院は……

「カシマ・ギネコロジカル！」

　比奈子は顔を上げて東海林に叫んだ。

「東村山市の個人病院、カシマ・ギネコロジカルからメールは発信されたのかもしれません」

「おっしゃ、藤堂。とにかく先《ま》ずはガンさんに報告だ！　とりあえず、そのカシマなんちゃらいう病院へ向かうぞ」

「お待ちってばさ、ちょっとお待ち」

　立ち上がりかけた東海林に、死神女史は言う。髪を掻《か》き毟《むし》っていたせいで、ボブカットがぐしゃぐしゃに乱れている。いつもよりずっと疲れた顔で、女史は東海林と、比奈子を見つめた。

「あたしも行くよ。クソ野郎はあたしに連絡を寄こしたんだからね。あたしが行かなきゃ警戒してしまうだろ？」

「んなこといっても、先生は民間人じゃないっすか」

　東海林が毅然《きぜん》とＮＯの態度を取ると、女史は両腕を腰にあてがい、仁王立ちして東海林を睨んだ。

「民間人？　どの口が。あたしを死神のオバサンと呼んでたくせに」

神女史を止められない。ガンさんの携帯に掛けながら、比奈子も慌てて二人を追った。
に比奈子を見たが、比奈子も何も言えなかった。こういう場合、ガンさんでさえ、死
東海林の胸を拳《こぶし》で衝《つ》くと、女史は東海林より先にラボを出た。東海林は物言いたげ
「あんただよ」
「うそ！　誰がそんな失礼を」

ようやくガンさんと連絡がついたのは、東海林の車が首都高の渋滞に捕まった頃だった。八王子西署から向かったほうがずっと早く現場に着くかもしれないが、仕方がない。時刻は夕方五時を回って、どこもかしこもラッシュだらけだ。

「我孫子勝の、もと嫁さんと会ってきたがな！」

忍の風切り音に遮られながら、ガンさんが大声で比奈子に話す。スピーカーホンにしているものの、雑音が多くて聞き取りにくい。

「流産したの一点張りで、まったく話にならなかった。で」

ボボボボボ！　と、エンジン音がして、しばらくするとまた、ガンさんの声がした。

「那須町の警察署に連絡して、当時、水槽の赤ん坊事件を担当した刑事に話を聞いた。別荘の管理人が嫁さんの親だったこと、どの大学からも標本の紛失届が出ていなかっ

たこともあり、一応は我孫子夫婦にも疑いが向いたようなんだが」

「はい。それで、どうだったんですか」

「その頃すでに二人は離婚していたし、大したことはわからなかったそうだ。もちろん、赤ん坊が行方不明になったという届け出もなし」

「赤ちゃんに奇妙な特徴はなかったんでしょうか。エラがあるとか鱗《うろこ》があるとか……背骨が変形していたとかの」

「水槽は今も所轄署の倉庫に保管されているらしいがな、妙な特徴には気付かなかったと言っている。専門家の意見も聞いたそうだが、小ささからいって、死産した多胎妊娠の嬰児《えいじ》じゃないかと。栃木へ片岡を飛ばしたから、詳しいことは奴が聞き込んでくるはずだ」

片岡は足を使った聞き込みが得意だから、事件資料の読み込みから解放されて、嬉々《きき》として出かけたとガンさんは付け足した。

「我孫子が大学を去ってからの足取りも、まったくわかっていないんですよね？」

「そっちは三木と月岡が追っている。何かわかれば一斉に連絡が行くはずだ」

一呼吸置いてからガンさんは、

「たぶん、こっちが先に着きそうだ」

と、叫んだ。後部座席の女史に目をやると、比奈子は慌ててガンさんに言った。

「実は、石上先生が一緒なんです」

「なんだあ？　どうしてまた先生が」

ガンさんは悲鳴を上げた。後部座席から手を伸ばし、死神女史が比奈子のスマホを取り上げる。運転中の東海林も目を上げて、ルームミラーで女史を見た。

「犯人がメールに気になる事を書いていてね。これは単純な猟奇事件じゃないと思うよ。センターへ逃亡させて欲しいって、暗に求めて来たからね」

「は？　そりゃまたどういうことなんで？」

「なんだかさっぱりわからない。でも、向こうはセンターに犯罪者が収監されていることを知っていた。これはゆゆしき問題じゃないかい」

比奈子の心臓がぎゅっと縮む。頸動脈《けいどうみやく》直下にマイクロチップを埋め込まれた保や鍵《かぎ》師《し》や、永久の顔がちらついた。

「だからあたしが行かないと。とにかくそいつの顔を見て、何をやらかしていたのか聞かないと……」

それから女史は比奈子に目をやり、

「デリケートな問題だからね」

と、言ってスマホを返した。耳に当て、比奈子はしばし逡巡《しゅんじゅん》する。

「ガンさん？」

風切り音が響いた後で、ガンさんはようやく、呻《うめ》くような声を出した。

「よくわかった。こっちは目立たない場所で待機するから、臨場したら連絡を寄こせ。署からも現場へ向かっているが、清水にも、勝手に踏み込むなと言っておく」

「承知しました」

スマホを切ったとたんに、また着信があった。東海林のスマホも鳴り出したから、真紀の一斉通信だ。比奈子は慌てて受信した。

「とんでもないことがわかりましたぞ！」

間髪容《い》れずに三木の声。東海林は赤色灯に手をかけた。

「カシマ・ギネコロジカルは、実質的経営者の不在で揺れておりました。医師や看護師の流出も止まらないようでして、患者を他の病院へ転院させたり、大騒ぎになっておりますな」

「実質的経営者の不在？」

「左様です。実質的経営者の名前は鹿島和政《かしまかずまさ》。昨年暮れに襲撃事件が起きたベジランテボード総合病院の理事長だった男です」

頭に金盥《かなだらい》をかぶせられ、丸太で殴られたような気持ちがした。突然サイレンの音がして、気付けば東海林が赤色灯を点滅させて、車のアクセルを踏んでいた。スマホで三木が怒鳴り続ける。

「当該病院は十三年前に医療過誤事件を起こして経営不振に陥っており、公益財団法人・陽《ひ》の光《ひかり》科学技術研究振興財団に買収されておりました。カシマ・ギネコロジカルに病院名が変更されたのはその四年後で、鹿島和政が実質上の経営者になっております。ちなみに、不妊外来が設置されたのもこの頃ですな」

「陽の光科学技術研究振興財団？　どんな組織なんですか」

「さまざまな科学技術を開発した研究者を支援、表彰、普及もしくは各機関に紹介などする組織のようですが、その実態は謎に包まれておりまして、クサイと言わざるを得ませんな。もっと詳しく調べてみませんと具体的なことは何とも言えないのが面目なく」

「つか、それだったんじゃねえのかよ？　我孫子のパトロンだった研究機関は」

「可能性はありますね」

サイレンを聞いて、渋滞の車列がのろのろと道を空ける。東海林は慎重にハンドルを切りながら、最速で現場へ着けるルートを模索した。

「カシマ・ギネコロジカルでは、ベジランテボード事件直後から行政が介入して措置を始めており、現在は事実上閉院状態のようですが」

「間違いない。我孫子勝はそこにいるんだよ」

「急がないと」

比奈子は助手席から身を乗り出すと、車両に備え付けのマイクを取った。

「彼が遺体を遺棄した理由が、それだったのかもしれないわ。鹿島理事長が逃亡、もしくは殺害されてしまったことで、潜伏先の病院が経営破綻《はたん》してしまった。そればかりか秘密の研究の隠れ蓑《みの》を失って、彼自身の身に危険が及ぶ状況であると」

「それな」と、東海林。

「事件の根っ子は、もっと、ずっと、深いんだ。ベジランテボード事件は関係者の殺され方も、事件のたたまれ方も気持ち悪かった。被疑者死亡で送検された実行犯はただのダミーで……つか、俺たちみんな、そう思っていたもんな？」

「すみません東海林先輩。私、まだガンさんに、新宿署の刑事が自殺したことを言ってなくって」

「つか、俺は自分を褒めてやりたくなってきたぞ。やっぱ、ベジランテボード事件の裏には、もっと大きな何かが動いているんだ。新宿署の刑事も、もしかして……

仲間を疑うのは剣呑《けんのん》だけどさ、今だって俺は、あの現場を思い出すたび尻《しり》の穴がキューって縮む気がするんだよ。処理するみたいに人間を殺す、あんな奴らがもしも、もしもだよ？　鹿島理事長を切り捨てたみたいに、我孫子勝にも牙《きば》を剝《む》いたとするならば、そりゃ、死神にだって助けを求めたくなるってもんだ」

東海林は比奈子を責めることなく、一心に前を向いたままアクセルを踏んだ。

「木偶《でく》の坊に同感だね。だから彼はあたしを探して、センターに匿《かくま》ってくれと言ってきたんだ」

「そそ、野郎にも危険が迫ってるってことっすよ」

比奈子はマイクのスイッチを入れた。

「警察です、道を譲って下さい。警察です！」

「こんにゃろう、てめえ、無傷でとっ捕まえて、洗いざらい吐かせてやるから、待っていやがれ」

サイレンと音声の相乗効果は思った以上のものだった。走行車両に配慮しながら、東海林は精一杯先を急ぐ。警察官の使命は人の命を守ること。それがたとえ凶悪犯であっても、逮捕し、保護し、犯した罪を償わせるのだ。

ビルの谷間に沈む陽が、今日は血のように見えると、比奈子は思った。

カシマ・ギネコロジカルの正面玄関には、『休院のお知らせ』と書いた紙が貼り出されていた。病院は森に囲まれており、佇《たたず》まいは中堅どころの総合病院を彷彿《ほうふつ》させるものだった。すでに患者の受け入れはしていないようだが、駐車場には二、三台の車が止まっていて、施錠された病院内を、時折スタッフの影がよぎった。

最初に到着したのはガンさんと倉島で、間もなく八王子西署から清水と御子柴がやって来た。ガンさんは署の車を森の脇に止めさせると、そのまま車内で待機するよう指示をした。容姿が目立ちすぎる倉島共々後部座席に乗り込んで、

「ご苦労さん」

と、二人に言う。比奈子の言いつけを守ってか、運転してきたのは御子柴だ。

「まったく無人というわけでもないんですね。本当に、ここに被疑者がいるのかな」

後部座席から建物を窺《うかが》って倉島が言う。

ガンさんはガムを嚙《か》みながら、ルームミラーに映る部下たちの顔を順繰りに見た。

「三木の話では、残務処理に残ったスタッフがいるってことだ。清水」

「はい」

「ちょっと探りを入れてきてくれ」

存在感の薄さという武器を持つ清水は、ガンさんに言われて上着を脱いだ。ネクタイも外してワイシャツの襟元を開けると、サイドミラーを見ながら髪型を乱し、ついでにズボンのベルトを穴二つ緩めた。

「何してるんですか」

と、御子柴が聞く。

「経営破綻した病院だからね。突然刑事みたいのが訪ねて行くと、相手に警戒させちゃうでしょ？　それに、これはまだ事件にもなっていないヤマだから」

両頬に手を当てて粘土を捏《こ》ねるみたいに顔をいじると、清水はたちまち、さらに影の薄いおじさんになった。さりげなく車を降りると、入口とは反対方向へ、しょたしょたと歩いて行く。森の奥に消えるとき、御子柴は感心して溜息《ためいき》を吐いた。

「透明なネズミ男みたいな人ですね。入口と別のほうへ行っちゃいましたけど」

「ネズミ男じゃなくて清水刑事だ。あれでベテランなんですよ」

倉島が言う。

「反対方向へ行ったのは、バスとか、徒歩とか、とにかく、この車とは無関係だと思わせるためだよ。病院なんてのは、どっから監視カメラで見張られているかわかりゃしねえ。もしも被疑者がそれを見ていたとしたら、どうだ」

「あ。なるほど。刑事の仕事って面白いですねえ」

「御子柴君、きみねえ」

いいながら倉島はこめかみを揉《も》んだ。

「間もなく、東海林と藤堂が死神女史を連れてくる。本当に我孫子勝がここにいるのか、それが我孫子本人であるかは不明だが、一応、我孫子を名乗る人物が、死神女史と接触を持つという構図だな。先生の顔が朝のニュースに流れちまって、相手はそれを見ているわけだから、やっぱり先生がいねえのはマズかろうというわけだ」

「犯人かもしれない相手と会うのに、民間人を行かせるんですか？」

御子柴が鼻の穴を膨らませて言うので、ガンさんは素直に頭を下げた。

「御子柴が言うとおり、こんなのは禁じ手だよ」

申し訳なさそうな顔をすると、御子柴のほうはドヤ顔になった。

「先生を独りで行かせるわけにはいかねえや。かといって、向こうに警戒されるのも困るからな、藤堂をつけようと思ってる」

「まあ……藤堂刑事なら」

倉島は静かに言った。

「藤堂は警察官に見えねえからなあ。いつまでたっても」

「それって、いいことなんですか？」と、御子柴。

「刑事の仕事ってぇのはそういうもんだ。大切なのは人間力だよ。藤堂なら先生の助手で通るだろう。もちろん俺たちも補佐するが、その場合は慎重に頼む。病院内の様子がわからねえし、我孫子以外のスタッフや、もしかしたら入院患者が残っている可能性もあるからな。目的は逮捕ではなく、我孫子勝の保護と聴取だ。そこんところを間違えないよう頼んだぞ」

「はい」

と、倉島が答え、遅れて御子柴も「はい」と、言った。

「御子柴」

「え、あ、はい？」

「俺たちが入ったら、おまえは周囲を見張れ。おかしなことがあればもちろん、何かあったら連絡をくれ」

「わかりました」

各々《おのおの》の持ち場について打ち合わせることしばし、出て行ったときと同じ森の奥から清水が戻った。通行人Bという風情で車まで来ると、清水は音もなく助手席に乗り込んできた。

「藤堂たちは十分程度で着くそうです。覆面で来ているそうなので、相手に警戒されないように、手前で東海林だけ降ろすよう言いました。監視カメラは正面駐車場の左右二箇所、ほか、エントランス上部についています」

「ほえぇ」

と、御子柴は羨望《せんぼう》の眼差しで清水を見た。いつもパソコンデスクに隠れていて、全く存在感がない清水のことを、見た目どおりの男と思っていたのだ。

「不妊に悩む亭主って体で、中に声を掛けて話を聞いて来たんですが。入院患者はすでにいなくて、残っているのは昔から勤めていた看護師長とスタッフ一名、行政から委託されて財務整理に入った役人が二名だけだそうです。相談だけでも聞いてもらえないかと食い下がってみましたが、医師らはすでに他の病院へ移ってしまったと言って、取り合ってもらえませんでした。中年の、さえないおっさんが聞けた話は、これくらいかな」

「我孫子も辞めたってことなのか？」

ガンさんが訊《き》くと、

「看護師長なんだけど、四十代半ばの、けっこう人のよさそうな感じの女性だよ」

そう言って清水は倉島を見た。

「片付けもほぼ終わったようで、帰り支度をしてました。だから、裏の焼却炉へ火の始末に行くと思うんだ。焼却炉は森のほう。細く煙が出ているから」

倉島はメガネを外してきれいに拭《ふ》くと、またかけ直して出て行った。

「どこへ行ったんですか？」御子柴が訊く。

「聞き込みだよ。清水には清水の、倉島には倉島の、専門分野があるってことだ」

いいながら、ガンさんはスマホを出した。バイブレータが振動したのだ。

「藤堂か？」と、ガンさんは訊く。

「今、倉島が探りに出たところだ。病院はすでに閉鎖されていて、スタッフが片付けをしている。特別怪しい動きはない。かといって、我孫子がどこかで様子を見ているかもしれん。先生の姿を確認したら出てくるつもりか知らねえが、万事向こうの思惑どおりってのも気に喰《く》わん。東海林を降ろして待機。倉島が戻ったら連絡する」

周囲は夕焼けで真っ赤になったが、病院の外灯はまだ点《つ》かない。焼却炉の方角から一筋の煙が白く伸び、夕陽の森に流れて行く。

「佐藤みほ子ちゃんの足を燃やしたのも、ここの焼却炉かもしれないね」

「六年も経っているからな、今さら調べても証拠は出てこねえだろう。先《ま》ずは目の前の案件だが、遺族になんて伝えたらいいのやら……ちくしょうめ」

　そのまましばらく沈黙が続き、今度は倉島が戻ってきた。

「わかりましたよ」

　後部座席に乗り込むなり、倉島が言う。

「我孫子勝と思《おぼ》しき男がたしかにいたそうです。藤堂刑事の推測どおり、登録は体外受精などを行う胚《はい》培養士で、鹿島理事長の事件以降、姿は見ていないそうです」

「姿を見ていない？　病院を辞めたということか」

「そうは言っていないんですよ。この病院は、診療、入院、治療を行う棟とは別に、専用の研究施設があるそうで、彼はそちらに在籍していたそうです。看護師長の話では、研究施設に入れるのは、理事長の他には彼だけだったと……年齢的には我孫子勝と齟齬《そご》がありませんでした」

「どこにあるんだ。その、研究施設ってのは」

「焼却炉の奥にもう一棟、経営者の自宅用に建てられた別棟が。経営母体が変わった時に研究棟として改築されたそうで、地上二階、地下一階、百二十坪程の建物です」

「充分生活できそうだな」

「そうですね。間もなく看護師らが病院を出ます。三ヶ月も無給だったそうですが、患者の転院が終了したので、ようやく新しい生活ができそうだと言っていました。と、いうことで、夜間、病院は完全に無人です。安全の為にもスタッフが出ていくのを待ちませんか」

「それがいいかもしれねえな」

ガンさんはスマホを握って外を見つめた。病院とその周辺は静まりかえっている。四階建ての病棟には明かりもなくて、やがて車のドアが閉まる音がすると、薄暗い駐車場から次々に自動車が出て行った。


最後のスタッフが病院を去ったことを、彼は監視カメラで確認していた。この後ここがどうなるか、想像もつかなかったが、経営母体がまた代わり、大がかりな工事が行われて建物が取り壊されたりした場合、そこから何が出てくるのか考えて、今さらのようにゾッとした。

鹿島理事長が姿を消したとき、すぐに逃げればよかったのだ。よもや、こんなどんでん返しが待ち受けているとは思わなかった。

「いや……落ち着け。まだだ。まだ、望みはある」

研究棟の入口にも監視カメラはついている。だが逆に、研究棟は、『入口にしか』

監視カメラがないのだった。当たり前だ。ここで行われていたことを、記録に残すことなどできはしない。だから、見えない空間に誰かが潜んでいる可能性を考えると、足下から恐怖が這《は》い上がって来た。落ち着け。落ち着け。

病院駐車場に備え付けられた監視カメラの映像を見ると、暗さの増した駐車場に、車のライトが見え始めていた。

「来た！　やっと、来てくれた」

一瞬喜び、でも、それが奴らの車だったらと身構える。

車は止まり、ドアが開き、助手席から背の高い女が降りてきた。白衣を纏《まと》い、ヒールを履いた、あの女だ。警視庁の司法解剖をしている女。調べたら、法医学の世界では名の知れた女だということがわかった。次いで、運転席からちんくしゃな女が降りてきた。二人はそれぞれドアを閉じる。二人だけだ。他にはいない、誰もいない。

「バカ野郎……なんで警察を連れてこない」

彼は空中に拳《こぶし》を振った。

女二人じゃどうしようもない。警察が来てくれなければ、どうしようもないじゃないか。奴らはすでにここを狙っているかもしれないのに。もしかしたら、すぐそこまで来ているかもしれないのに。警察が来なければ……女二人に俺一人、闇に葬られるのは簡単なことだ。どうすればいい、どうすれば……

彼は思考を巡らせた。標本はすべて処分した。けれど研究資材は残されている。処分できない劇物や、数々の薬品類は、まだここにある。

「火事を起こすか？」

彼は自分の心に訊いた。

火事を起こせば、外にいる女がそれに気付いて通報してくれるだろう。消防車やパトカーが来るのを待って、ここを出て行くというのはどうだろう。いや、それまでに自分が焼け死んでしまっては元も子もない。なんといってもここには引火性の薬品があるし、混ざれば毒ガスが発生する。ならば、裏の森に火を点けようか。いやいや、奴らがそこまで来ていたら、森へ行くのは自殺行為だ。

どう考えても、助かるイメージが湧《わ》いてこない。頭の天辺《てっぺん》から背中まで冷たい汗が湧き出して、彼は手のひらでベロリと顔を撫《な》でた。病院が傾いて、日に日に人の出入りがなくなって、まともに眠れた日はほとんどない。何度も逃亡しようと思い、いや、ここのほうがまだ安全だと思い直し、それでもここが無人になってしまったら、さすがに逃げられないと恐怖が募った。体重は数キロ単位で減っただろう。眼窪《めくぼ》が深く落ち込んで、頬骨が浮き出して、鏡に映る自分は屍《しかばね》のようだ。それを見るたび、人間の体は変わるのだと、妙に納得したりもした。

病棟の呼び鈴が鳴っている。

監視カメラの中で、あの女がドアを叩《たた》いている。

バカめ、俺が病院にいるわけないだろう。俺の研究は、病院でなど、できるはずないのがわからないのか。どうする……どうする……

その時だった。アイデアは、突然空から降ってきた。

「そうか……女に会えばいいんだ。会って、警察を呼んでもらうんだ」

それがいい。あいつをここへ招き入れ、犯した罪を懺悔《ざんげ》する。そうすれば、あいつは通報せずにいられない。その後は、警察官が大挙して来るまでの数分間、どこかで自分の身を守ればいい。トイレに入って鍵《かぎ》を掛けるのもいい。件《くだん》の場所に身を隠し、屍臭《ししゅう》に耐えて待つのも可能だ。数分なら、たった数分間だけならば。それでこの恐怖から解放されるなら。彼はついに覚悟を決めた。

女二人は病院が無人だと思ったらしく、踵《きびす》を返して入口を去る。

「行くな！」

彼は研究室を飛び出した。

「反応がありません。今から裏へ回ってみます」

胸ポケットに入れて通話状態にしたスマホに、比奈子は言った。

「わかった。気をつけて行け。研究棟は病院の裏だ。焼却炉の奥に入口があると倉島が言っている。俺たちも後に続く」

「わかりました」

比奈子は言ってポケットの七味をまさぐった。するとそこにガンさんにもらったペパーミントガムが入っていたので、閃《ひらめ》いて口に入れ、嚙《か》み始めた。

「こんなときにガムかい？　肝が据わったこと」

女史が笑う。

「いえ、そうじゃなく」

思うことあって、比奈子は必死にガムを嚙んだ。もぐもぐと、一生懸命。

病院の脇へ向かうと、森の陰に八王子西署の車が止まっていた。運転席にいるのは御子柴で、助手席に清水が、後部座席には倉島と東海林とガンさんがいた。それとなく見回すと、スタッフ用駐輪場の雨の当たらない片隅に忍がきちんと駐められていた。こんな時にも忍に配慮する倉島のことが可笑《おか》しくて、少し緊張が解けてきた。

「他に仲間がいるかもしれん。気を抜くな」

スマホからガンさんの声がする。頷《うなず》くことなく前を向き、比奈子はガンさんに目配せをした。ガンさんと倉島と東海林と清水が、ゆっくり頷き返してくれる。御子柴は運転席でキョトンとしている。

御子柴君も、頼んだわよ。

心で言って拳を握り、その先へ進んで焼却炉が見えた時、背後で車のドアの音がした。仲間たちが持ち場に向かう音だった。

「行きましょう」

死神女史の半歩後ろで言いながら、比奈子は噛んでいたガムを指先に取った。

病院の裏側には、建物に添って二坪程度の細長い庭が設《しつら》えられており、そこに焼却炉が置かれていた。煙突から未だ微《かす》かに煙が上がり、その奥に、黒いガルバリウムの門扉があった。門扉には何の表札も、看板もない。地上二階建ての黒っぽい建物は窓もなく、明かり取りのフィックスと通風口が、打ちっ放しのコンクリート壁にあるだけだ。夕闇の中、小さな赤いライトが目を射たので見上げると、壁に備え付けられた監視カメラが比奈子らの動きを追っていた。

「監視カメラが動いています」

囁《ささや》くように比奈子が言うと、

「ちょっとあんた！」

突然、死神女史はカメラに向かって拳を振った。

「サディストの上にコミュ障かい！　いい加減にしておくれ」


その大声は、病院の正面駐車場で見張りについていた御子柴にまで聞こえてきた。御子柴はちょいと首を竦《すく》めて周囲を見回し、それから、やれやれと頭を掻《か》いた。

所轄に席を置きながら猟奇犯罪捜査班と恐れられ、警視庁本部からも一目置かれる厚田班に来てみれば、そこにいるのは変人ばかりで、スーパーマンはただの一人もいなかった。憧《あこが》れの厚田警部補は冴《さ》えないおっさんで、仮面ライダーみたいな倉島刑事もバイクに名前をつける変な人だし、片岡なんか刑事というよりヤクザだし、猟奇犯罪者ホイホイ藤堂比奈子に至っては、どこにでもいる女の子にしか見えなかった。

(清水のことは、すでに存在すら忘れていた)

そこに入れば、自分も華々しく活躍できると思っていた。けれど彼らがやっていることは、どこの警察署でもやっていることと、何も変わっていないのだった。やっぱりキャリアはキャリアらしく、官僚を目指せばよかったかな。また配置換えを申し出るには、やっぱり一年程度は待たないとなあ。

　病院は静まりかえっている。閉鎖された病院だから駐車場の外灯すら点《つ》いていない。あまりの長閑《のどか》さに腕を伸ばして深呼吸すると、御子柴はスマホを取りだした。ネットにつながりさえすれば、独りではないと安心できる。

耳をすませていればいいさ。聴覚に神経を集中していれば、誰か来ても気がつける。

——いまどうしてる？——

御子柴はＳＮＳにメッセージを送った。


　黒いガルバリウムの門扉の奥で、金属製のドアがわずかに開いた。内部に仄暗《ほのぐら》い明かりがあって、奥にいる人物は逆光で見えない。

「だんまりかい？　おふざけでないよ」

　死神女史がまた怒る。

「あたしに頼みが、あるのかい、ないのかい」

「石上妙子博士ですね？」

　ドアの隙間から声がした。金属質で甲高い男の声だ。死神女史は返事をせずに、両腕を組んで「ふん」と言った。めんどくさい。もう帰る。ハッキリとそう言っているような態度のせいで、ドアはすぐさま半開した。

「どうぞ、中へ。そちらの方も」

女史が比奈子を振り返る。そうして二人はエントランスへ入った。おずおずもたもたした振りで、比奈子は指先のガムを錠受けの穴にねじ込んだ。こういう施設は、大抵自動ロックの機能があるのだ。

玄関ドアが閉まっても、男は明かりを点けようとしない。そこは何もないただの廊下で、非常灯だけが灯《とも》っていた。天井のライトが男の痩《や》せこけたシルエットを緑色に浮び上がらせて、ボサボサの髪、マントのように白衣を羽織り、メガネを掛けていることだけがわかった。それにしても酷《ひど》い臭いだ。

「我孫子勝って、あんたの本名？」

「そうです。嘘は吐いていません」

そう言ってわずか身を引くと、明かりが少し彼に落ちた。

男の髪は好き放題な方向に伸びており、驚くことに真っ白だった。情報によれば我孫子勝は三十三歳のはずなのに。

「よっぽど怖い目に遭ったのかい？　その頭はさ」

女史に訊《き》かれると、我孫子はしゃくりあげるように洟《はな》をすすった。

「人体の不思議ですね。たった数日で真っ白になってしまいました。体重も落ちましてね、何キロも。ともかく、お会いできて光栄です」

言いながら我孫子はすっと近づき、両腕で女史を抱きしめた。もちろん女史は手を上げて、我孫子の胸を強く衝《つ》いた。我孫子が非常灯の下まで突き飛ばされたとき、落ちくぼんだ目が濡《ぬ》れたように光り、髭《ひげ》だらけの顔に死相が浮いているのが見えた。本当に生きている人間だろうかと戦慄《せんりつ》するほどの形相だ。それだけではない。異様な臭気は我孫子が発しているのだった。腐敗臭とも、刺激臭とも違う。濡れた犬か、それとも死にかけた獣のような、垢《あか》じみて濃密な臭いだった。

「あんた、メールに書いてたね。お礼は重々って」

「書きました。わたしを守ってくださるのなら、お礼にわたしの研究技術を……」

「好き放題に赤ん坊をいじって、挙げ句に殺す研究かい」

我孫子は口を歪《ゆが》めて笑った。

「どうとでもお好きに仰《おつしや》って結構ですよ。生物の進化は変異からこそ生まれ出る。遺伝子異常を持つ人間は、進化の過程のひとつなのです。彼らは啓示だ。紐解《ひもと》かれるのを待っている奇跡の欠片《かけら》そのものだ」

死神女史は溜息《ためいき》を吐いた。

「それで？　そのご高名な研究者様は、あたしに何をくれるっていうの」

「潜る、見る、聴く、登る……魚類、鳥類、爬虫類《はちゅうるい》、他の生物の特性を備えた、超人間の研究技術」

「軍事目的かい？」

「おわかりならば話は早い。どの国も欲しがる技術だ。ドル箱ですよ」

眉間《みけん》に深く縦皺《じわ》を刻んで、女史はまた、溜息を吐いた。

「世界平和とか、この世から戦争がなくなるとかさ、そういう発想は、ないんだろうね。当然ながら」

「我孫子さん。あなたは偉そうなことを言うけれど、あなたが創った超人間って、いろんな死体をミックスしただけの紛《まが》い物じゃないですか」

比奈子は思わず、横から口を挟んでしまった。生身の人間を犠牲にして、人間を殺すための人間を創り出そうとするなんて、その発想が許せない。比奈子の脳裏には、幼気《いたいけ》で残酷な、数々の死体が貼り付いていた。

「貧弱な発想しか持たない低脳人間に、わかってもらえるとは思っていない」

我孫子はメガネの奥で炯々《けいけい》と目を光らせて比奈子を睨《にら》んだ。

「ぼくは神から啓示を受けた。きみは絵梨花を見ていないのか。ねえ博士？　あれは最高傑作だった。ぼくは、あの子に、生涯を賭《か》けるつもりでいたんです」

「癌に侵された人魚モドキのことを言ってるのかい」

「モドキじゃないぞ。あの子は……」

我孫子はいきなり口をつぐんだ。思わず熱くなって、時間を無駄にしてしまった。

「白状しますとも。確かにわたしは罪を犯した。ここで患者の受精卵を操作していた。人為的に早産させて検体を手に入れ、研究材料に使っていました」

比奈子は吐きそうになって唇を嚙《か》んだ。気持ち悪かったからではない、そのおぞましさと痛ましさに、怒りと化した心臓を、口から吐き出しそうになったからだ。

「あ……赤ちゃんを……望んで、望んで、待ち望んでいた人たちから……」

声が震えて、その先が上手《うま》く言葉にならない。怒りの心臓が火の玉になって飛び出して、我孫子の胸を突き破ってしまえばいいのに。

「幼児をさらったのもあんたかい？　子供病院や、この界隈《かいわい》から」

「そうですが、それはとっくに止めました。リスクが高いし、変異させるにも時間がかかるとわかったからです」

瞬間、女史の平手が空を切り、我孫子の横っ面を張り飛ばした。メガネが吹っ飛び、片側の頰が真っ赤に腫《は》れたが、我孫子は挑戦的な目で女史を睨み返しただけだった。

「博士、あなたには失望しました。神の業は所詮《しょせん》凡人には理解できない。世界がいつか変わったら、わたしのしたことがわかるでしょう」

「この……！」

と、女史が叫ぶ間もなく、我孫子は身を翻し、長い廊下を奥に向かって走りだした。

床に落ちたメガネを拾うこともなく。

「お待ち！」

比奈子はメガネを拾い上げ、追いかける女史を追いながら、スマホに叫んだ。

「言質《げんち》を取りました。お願いします」

ガムで施錠を阻止したドアを開け、ガンさんと倉島が踏み込んで来た。


わずかの間に太陽は沈み、森の端《は》に星が瞬きだした。病院前を車が何台か通ったほかは、長閑な夕暮れが広がっている。軽快な足音が聞こえて顔を上げると、通りをランニングする人がいて、その人がふと足を止め、駐車場の入口で屈《かが》みこむ。

御子柴は、スマホを切って身構えた。

「あ、こんばんはー」

明るい声で、ランニングマンは御子柴に頭を下げた。

「どうも、こんばんは」

　交番勤務で学んだノウハウを思い出しながら、御子柴も彼に会釈した。あくまでもフレンドリーに、物腰も穏やかに。

「あの、これ、そこに落ちてましたけど、ランニングマンはフットワークも軽く近寄って、あなたのでしょうか？」

　と、拾った物を御子柴に見せた。小さな黒い手帳だった。

「ああ。すみません、ありがとうございます」

　咄嗟《とっさ》に受け取り、思い出したのは清水のことだ。病院へ聞き込みに行ったとき、うっかり落としたに違いない。捜査手帳を落とすなんて、民間人に中を見られたら、懲罰ものだったじゃないか。

「よかった。それじゃ」

　ランニングマンは白い歯を見せて笑い、来た時と同じように走り去った。

　その姿が消えてしまうのを見届けて、御子柴はまた周囲を見た。

　相変わらず怪しい気配など微塵《みじん》も無い。通りの向こうは街灯が点《つ》いて、家々の窓にも明かりが灯った。駐車場は閑散として、車通りも途絶えてしまった。御子柴は首《こうべ》を巡らせて、病院の裏手へ向かった。うっかり者の清水先輩に、こっそり手帳を返してやろう。こんなことが知れて上司から大目玉を食らう前に。

　先輩に恩を売るのだと思うと、御子柴は少し高揚した。

汚れた白衣を翻しながら、我孫子は廊下の外れにあるドアの向こうへ姿を消した。

バタン！　と閉じたドアをこじ開けようとする女史の腕を、後ろから比奈子が引いた。

「先生、ここから先は私が」

振り返った女史の顔が、興奮で上気している。

一瞬だけ見つめ合ってから、死神女史は、「ふぅー」と、大きく息をした。

「そう、あんたは刑事だったものね」

「はい。ありがとうございました。後は私たちに任せてください」

ガンさん、倉島、そして東海林も追いついてきた。ガンさんはホッとしたように女史を見て、

「よかった。先生、無事でしたかい」

と、言った。そのまま人差し指で玄関を指す。

「外で清水が待機してます。頼むから車に戻って、大人しくしていて下さいや。いきなり被疑者を怒鳴り散らすなんて、こっちの胆が冷えましたよ」

「清水のところまでお送りします」

クールに腕を伸ばして倉島が言うので、女史はようやくドアノブに掛けた手を放し

た。瞳《ひとみ》の奥でメラメラと燃えていた怒りの炎が鎮火していく。

「わかったよ。あんたたちも気をつけて」

そう言うと、死神女史はヒールの音を響かせながら、長い廊下を戻って行った。

病院の裏手。と、漠然と聞いた言葉がどれくらいの距離をさすものか、御子柴は、把握しておくのを忘れたと思った。さっきまで、駐車場も裏手もどちらも見える場所に車を止めていたというのに、自分は運転席に座っただけで、状況の把握に心を配ることを怠った。清水にすぐ手帳を戻してやろうと思ったのに、『すぐ』という距離ではなかったことに、御子柴はようやく気が付いたのだ。

真っ暗になった病院脇には乗ってきた車が無人のままに置かれており、焼却炉の煙はすでに見えず、仲間たちの気配もしない。

「うゎ……やっべえな、これ」

足を止め、御子柴は来た方とゆく方を交互に眺めた。

手帳を持って戻ろうか。それとも、さっさと返してしまおうか。うっかり持ち場を離れたことと、清水に恩を売ることと、その両方を天秤《てんびん》に掛けて、御子柴は病院の裏手へ走った。打ち合わせでは自分と清水が見張り役だ。つまり、裏手にいるのは清水だけということになる。

「清水さーん？　清水先輩？」

御子柴は清水を呼んでみた。ようやく病院の建物が切れ、裏手の狭い庭に出たとき、どうしてか、そこには誰もいなかった。

「あれ？　清水さん？」

一瞬戸惑い、研究棟の入口を見た。先輩らはみな、この中か。その瞬間、自分だけが最前線から外されたのだと感じた。そう思ったら、激しい怒りが湧《わ》いてきた。黒い手帳をポケットに突っ込み、御子柴は研究棟のドアに手をかけた。


被疑者が逃げ込んだドアの先は、バックヤードの階段室だった。初めに比奈子が、そして東海林とガンさんが、次々に階段室の踊り場に立つ。

「建物は地上二階、地下一階だとさ。キモチワルイ研究が行われていたとするならば、やっぱ地下室だと思うんすよね」

東海林に言われて、比奈子は階段を下り始めた。

階段室に灯《とも》るのも非常灯だけで、隅々に闇が落ち、自分たちの足音が異様に大きく聞こえる気がする。耳を澄ますと、東海林の言うとおり、階下でドアが閉まる音がした。三人は弾《はじ》かれたように階段を下った。地下一階。ドアを開けると長い廊下で、その両側に扉が並び、フロアには煌々《こうこう》と明かりが点いている。

東海林は廊下を遠望し、

「下っすね」

と、いきなり言った。

「下って？　ここは地上二階、地下一階だと」

「倉島さんはそう言ったけど、たぶんフェイクだ。姑息《こそく》な手を使いやがって。こんにゃろめ、ここだ！」

階段室から一番近い場所に、『設備』と書かれたドアがあり、東海林はいきなり、そのドアを引き開けた。中は細長い下り階段になっている。

「すごい……どうしてわかったんですか？」

「ドアとドアの間隔だよ。設備室の広さじゃない。我孫子は下だ、間違いない」

今度は東海林が先頭を行く。ガンさんが、最後に比奈子が、東海林に続く。

それは明らかに雰囲気の異なる階段だった。巾《はば》が急に狭まって、内装には塗装もなく、非常灯すら点けられていない。天井にわびしいライトがひとつあり、コンクリートの壁から水が染み出して、階段も床も濡《ぬ》れていた。突然東海林が足を止め、比奈子とガンさんを振り返った。もちろん比奈子もガンさんも、同時に足を止めていた。臭い。その原因は臭いだった。タンパク質が分解していく不快な臭い。つまり人間が腐っていくときの独特な臭いだ。人の脂と血液の臭い。一度嗅《か》いだら生涯忘れることのできないあの臭いが、この地下室には充満している。

半坪程しかない踊り場には、地下水が二センチほど溜まっていた。蒸発した水が天井に上がり、時折ピチョン、と、垂れ落ちてくる。粗末なドアがひとつだけあって、奥の様子はまったく見えない。それなのに、その奥に何があるのか、三人には想像がついた。

それぞれがポケットからハンカチを出して口を覆う。ドアを開けたとたん臭気にノックアウトされないためだ。後ろの二人に頷《うなず》いて、東海林がぐっとドアノブを握る。この並びだと、ドアが開いて最初に飛び込むのはガンさんだ。体が邪魔しないように、東海林はドアの陰に立ち、そして静かにドアを引いた。

「む」

先行するガンさんが小さく呻《うめ》く。次いで東海林が内部へ入り、比奈子が続く。廊下の巾は三尺ほど。奥行きも、たった十メートル程度しかない。廊下はコンクリートが剝《む》き出しで、濡れており、しょぼい天井ライトのせいで、両側にひとつずつあるドアだけが見えた。臭気が酷《ひど》く、目に滲《し》みる。足を踏み出すたび水音がするので、どうやっても忍び足というわけにはいかない。

ガンさんに目で合図され、比奈子が内部に呼びかける。

「我孫子さん？　いるんでしょ？」

返事はない。ただ、片方のドアの内部で微《かす》かな人の気配がした。東海林はドアに手をかけてみたが、施錠されているようでビクともしない。だが、反対側のドアは、ガンさんが引くとあっさり開いた。比奈子の位置から内部が見えたが、明かりがないので真っ暗だ。比奈子はスマホのライトをつけて、廊下から室内を照らしてみた。

「うっ……」

それ以上言葉が出なかった。部屋は八畳程度の四角いもので、プールのような囲いがあり、頭が割れるほどの臭気が襲った。鮮烈なスマホライトに浮かぶのは、プールを満たしたゲル状の脂……なのだと思う。そこに何かが浮いており、それが人の断片らしいとわかったとき、比奈子は頭が真っ白になった。ふっと意識が飛びそうになるのを、スマホごと手を摑《つか》み、東海林が背後で支えてくれた。

「踏みとどまれ、藤堂」

耳のそばで囁《ささや》かれ、意識が戻る。背骨に震えが来ていたが、比奈子は口の奥で東海林の言葉を繰り返して耐えた。踏みとどまれ、踏みとどまれ比奈子、私は刑事だ。

「そっちのドアを開けてみましたか？」

施錠されたドアの奥から、金属質の声がした。

「見たなら警察を呼んでください。そうすれば私は出て行きます。なるべくたくさんの警官を呼んで、博士とあなたに、両側から同行してもらいたい。それが、ここを出て行く条件です。その後は……その後のことは、また話します」

東海林が口を開きそうになるのを、辛うじて比奈子は押しとどめた。我孫子が何を考えているのか、比奈子にはさっぱりわからない。それでも、ここにはすでに警察官がいると教えることが、得策なのかは判断できない。

ハンカチ越しに息を吸い込み、比奈子は言った。

「あれがなんなのか話してください。そうしたら警察を呼びますから」


「御子柴君、ここで何をやってるの、持ち場を離れちゃダメじゃない」

研究棟のドアを開ける寸前に、御子柴は暗闇から話しかけられた。飛び上がるほど驚いて振り向くと、森の中にひっそり清水がいた。

「何かあったのかい？　え？」

清水はその場を動きもせずにそう訊《き》いた。いるのがまったくわからなかった。ネズミ男どころかカメレオンみたいだと思う。

「いえ、先輩、さっき聞き込みに出たときに、大事な物を落としたでしょう」

「大事な物って？」

清水がまったく動かないので、御子柴が清水のそばに移動した。灌木《かんぼく》の陰から、研究棟の入口を一心に見張っていたのだとわかった。

「はい、これ、捜査手帳。駐車場に落ちていました」

黒い手帳を清水に渡すと、清水は訊《き》いた。

「これがぼくのだって？　中身を見たかい？」

いや。中身は見ていない。てっきり清水の物だと思って、こっそり渡すことしか考えていなかった。清水が開いた手帳の中身は、まっさらだった。

「新品みたいだねえ。患者さんが落としたのかな？」

ん？　という顔を清水はして、

「きみが拾ったの？　それとも、他の誰かが？」と、御子柴に訊いた。

「ランニング中の民間人が、拾って、渡してくれたんですが」

清水は御子柴の鼻先でヒラヒラと手帳を振った。

「拾ったのはどんな男？　身長は？　風体は？」

「どんな男って……」

何かまずかっただろうか。御子柴はオロオロと宙を見上げた。

「身長は百八十センチ前後で、ガッチリとした体つき。暗かったですけど、声の感じからすると二十代後半の男性で……赤いキャップにミラーのゴーグル、白の半袖《はんそで》シャツの下に黒の長袖《ながそで》、青地に赤ラインの短パン、その下は黒のランニングタイツで、スニーカーも黒でした」

「グローブもしていたね、そうだろう？」

「え……どうしてそんなことが」

「指紋は出ない。御子柴君に案内させた。か」

そう言うと、清水はスマホを取り出した。だが、掛ける前に研究棟のドアが開き、死神女史と倉島が外へ出て来たので、清水はその場から、

「こっちだ倉島」と、声を掛けた。

持ち場を守り通すことの意味を、御子柴は清水に教えられたと思った。

「御子柴、どうしてきみがここにいる？」

倉島は中指でメガネを上げて御子柴を叱った。

「どうもね、状況が変わったようなんだ。倉島、そっちの首尾は？」

「遺棄された人造人魚について、我孫子勝は関与を認めた。いま、ガンさんたちが彼を追ってる。安全のために死神、もとい石上先生をお連れしたので、頼みます」

「彼は体臭が酷かったからねえ、ずっと籠《こ》もっていたんだと思うよ。本当に胸くそ悪い男だよ。ああ、一服したい。先《ま》ず一服しないとさ」

髪の毛をかき乱しながら死神女史が言ったとき、パリン、と、微かな音がどこかで聞こえた。森の奥か、病院か、研究棟の裏でしたのか、わからない。清水は緊張した面持ちで死神女史の腕を取り、その腕を御子柴にそっと預けた。

「御子柴君。先生を車までお連れして、ロックして中で待機して。頼むよ」

「え。表の見張りは、もういいんですか？」

「見張りはいらない。それよりも、先生を守るのがきみの役目だ」

清水が指示を出した時、倉島はもう駆け出していた。二人が研究棟へ戻っていくと、死神女史は「やれやれ」と言って、頭を掻《か》いた。

「じゃ、車へ戻ろうか。ボディーガードさん」

ガラスの割れる音はもうしない。あたりは再び静まりかえって、森の向こうに月が昇った。歩きながら煙草を咥《くわ》え、ライターで火を点《つ》けようとした死神女史は、ポケットに手を突っ込んで「む？」と、言った。

「どうかしたんですか？」

清水の言いつけを守って歩き出しながら御子柴が訊く。車のキーは自分が持っているのだし、だからこそ、女史の護衛を自分がするのは順当なのだ。

死神女史は手に触れたものを宙にかざした。が、周囲は暗く、よく見えない。女史が歩く速度に急《せ》かされて、御子柴は署の車へ急いだ。

「あのぅ……車内は禁煙なんですが」

ロックを解除するなり、女史はちゃっちゃと助手席に乗り込んだ。煙草を咥えたままだし、白くて長い煙が出ている。御子柴はチッと舌打ちして、運転席側のドアを大きく開けた。自分は車に乗らずに外に立つ。ドアを開けておけば車内にニコチン臭を残さずに済むかもしれない。女史はまったく頓着《とんちゃく》せずに、車内灯の明かりでポケットに入っていたものを確認した。

「なんなんですか？　それは」

車の外から御子柴が訊く。

「マイクロＳＤだ。生体適合ガラスに入ってる」

「生体適合ガラスってなんですか」

「マイクロチップなんかを包むケースだよ。万が一呑《の》み込んでしまっても、体に埋め込む場合でも、人体に影響がでない医療用ケースだ」

「それをどうするんですか」

「あたしのものじゃないんだよ……呑み込むつもりだったのかねえ」

訝《いぶか》しげに首を捻《ひね》りつつ、死神女史はケースからＳＤを取り出した。

そうか。あのときだ。我孫子が不意にスキンシップを求めて来たとき、あのときに、これをポケットに落としたんだ。

「極小チップだねえ。はて、中身はなんだろう」

「中を見たいんですか？」

車内と車外を交互に窺《うかが》いながら御子柴が訊く。

「見られるのかい？」

「あのぅ……とりあえず煙草を吸っちゃってもらえませんか？　ニコチンの臭いって苦手なんで、ぼく、喘息《ぜんそく》になっちゃうし」

悪かったねと言いながら、死神女史は携帯灰皿に煙草の吸い殻を押し込んだ。

両手で空気をかき混ぜながら、御子柴が運転席に乗ってくる。ドアを閉めると、車内にはやはり、煙草の臭いが充満していた。彼は窓を全開にすると、財布を取り出し、札入れから黒くて厚いカードを出した。

「カード型SDリーダー最新版です。ぼく、こういうの大好きで」

「そんなもので中が見られるのかい？」

「もちろんです。先生、スマホは？」

死神女史がスマホを出すと、御子柴はそれにカード型リーダーをセットした。

「やるもんだねえ、新米刑事」

褒められると、御子柴はまんざらでもなさそうに相好を崩した。

生まれてこの方、御子柴は、褒められることに慣れきって生きて来た。それが、警察学校へ入ったとたん、やれ規律だの、協調性だの、体力がないの、こらえ性がないのと貶《けな》され続けて、すっかりやる気をなくしていたのだ。自分より成績の悪い連中が、訓練で光るのも気にくわなかった。公務員として警察を選んだことを後悔し始めていたときに、厚田警部補と出会ったのだ。

「先生、データが開きますよ……って、あれだ。セキュリティチェックがかかってますね。パスワードを要求されていますが」

「なんだよもう」

死神女史は助手席にふんぞり返った。

「パスワード、なんか心当たりないですか？」

「あるわけないだろ、あたしのＳＤじゃないんだから……でも……まてよ」

これは我孫子勝が寄こした情報に違いない。だから我孫子のつもりになれば……死神女史はメガネを持ち上げ、両手で髪をかき回した。

「ドクターＡではどうだろう」

御子柴はパスワードを打ち込んだ。

「違うみたいですね」

「うーん、それじゃ、ギネコロジカル？」

「それも違いますね。長すぎる」

「人魚、いや、マーメードは？」

「全然ダメです」

その時突然、死神女史は閃《ひらめ》いた。我孫子の言葉が頭の真ん中をよぎったのだ。彼はなんと言ったっけ？　あの時だけは、我孫子が本心を吐露したように思えた。ああ、あたしにもスーパー記憶力があったなら。

——ぼくは神から啓示を受けた。きみは絵梨花を見ていないのか——

「エリカ……そうだエリカ。erikaって、入れてみて」

「あ、キーが開きました」

「やったね坊や、お手柄だ」

女史は御子柴の背中を強く張り、彼からスマホを取り上げた。画面に浮かび上がったのは、CBETという文字と、光を模したロゴマークだった。

「スヴェート……」

死神女史は呟《つぶや》いた。ロシア語で光を意味する言葉なのに、ロゴマークには不穏なイメージが貼り付いている。運転席から覗《のぞ》き込んで御子柴が言う。

「あれ、なんだろスヴェートって。秘密結社みたいなマークですね。不気味だなあ」

「……うん」

と、御子柴に答えたきり、死神女史はまったく反応しなくなってしまった。

御子柴は運転席に座っていたが、どうしても、煙草の臭いに我慢ができない。彼は自分だけ外に出て、車をロックし、その場に立った。周囲の森は黒々として、同じ黒さの病院の上に、幾つかの星が瞬いている。御子柴は自分のスマホに手をかけたが、思い直して首を傾け、その位置からは確認できない研究棟の様子に耳を澄ました。

その頃。研究棟の地下室で、比奈子は我孫子を説得しようと奮戦していた。室内に隠れたまま、我孫子は一向に出てこようとしない。

向かいの部屋を調べていた東海林とガンさんは、涙目になって廊下に出て来た。

「浮いてんのはやはり、人間の部位だ。溶けちまっててよくわからんが、人間だけじゃなくて動物の死骸《しがい》も入ってるようだ。臭いもな、何か薬品が混入されているんだろう。東海林、上へ行って応援を呼んでこい。警視庁本部に連絡するんだ」

「うす。了解っす」

東海林はそっとドアを開け、狭い階段を駆け上って行った。

比奈子は我孫子に呼びかけ続ける。

「あれは人間の遺体なんでしょ。どういう事情なのか説明してください」

「警察を呼んでくれ。でないと何も話さない」

「警察は呼びました」

「本当か？」

嬉《うれ》しそうな声で我孫子は訊《き》いた。

「警察が来たら出て行くよ。でも、あんたにそばに居て欲しい。石上博士にも」

その言葉に、ついに比奈子は怒りを抑えられなくなった。

「甘ったれるのも、いい加減にしてください」

ガンさんの前ではあるが、出てしまった言葉は取り戻せない。扉一枚隔てた場所に、死骸の浮かぶプールがある。ドロドロになったそれがすべて命であったことを思うと、おぞましさを通り越し、比奈子は激しい怒りで呼吸困難になりそうだった。

「あのね、あなた、あの人たちに何をしたの！　あなたの命と、どこが違うの？　あなたは人魚の……あの可哀想な少女の体がどうなっていたか、それを少しでも知ってるの？　あの子はね、全身癌に侵されていたのよ。あんな目に遭って、あんな姿にさせられて、あなたなんか、あんたなんか……」

両の拳《こぶし》を握りしめ、比奈子はドアの向こうの我孫子に叫んだ。

「神さまでもなんでもない、ただの、最悪の、人でなしじゃないの。そばにいて欲しい？　ふざけないでよ！」

ガンさんの手が肩に触れ、比奈子は拳で涙を拭《ぬぐ》った。興奮したのは恥ずかしかったが、激しい怒りを恥ずかしいとは思わなかった。こんなものじゃ物足りない。私も撲《ぶ》ってやりたかった。けれど扉の向こうから、我孫子は平然とこう言った。

「おまえに何がわかるんだ。ぼくは絵梨花を守ろうとしたんだ。ぼくが守ってやったから、絵梨花はあの年まで生きられたんだ。他の子も同じだ。ぼくが受精して、ぼくが生ませた、ぼくが作った命じゃないか」

「卑怯《ひきょう》者、出て来なさい！」

怒りが更に爆発したその時だった。ガクンと激しい振動に襲われて、比奈子もガンさんも、体を壁に叩《たた》きつけられた。棟内にけたたましい警告音が鳴り響き、天井の明かりが赤に変わった。

「なんだ？」

身構えてガンさんは叫び、階段口に飛びついて脱出経路を確保した。階段の上部に、白く煙のようなものが見える。

「ガンさーんっ！　藤堂刑事！」

誰かの声が降ってくる。

「こっちだ！」

ガンさんが叫ぶと、バタンバタンと音がして、やがて階段上部の扉が開き、倉島の顔が覗いた。

「無事ですかっ」

「無事だが、今の振動はなんだ」

階段の上と下とで会話が続く。

「何者かが建物に侵入したんです。地下一階の薬品庫で爆発が起き、火が出ています。逃げてください」

再び振動が起きて、頭に砂埃《すなぼこり》が降ってきた。

「藤堂、聞いたか？　脱出するぞ」

比奈子は我孫子の部屋のドアを見た。

「早く！　階段が使えなくなる恐れがあります」

倉島の声が降ってくる。比奈子は我孫子の部屋を叩いた。

「薬品庫で火事よ。早く出て来て」

「我孫子！　警察だ。そこから出てこい！」

ガンさんもついに叫んだ。脱出口に立って上を見ると、倉島が駆け下りてくるところだった。

「何してるんですかっ、清水が消火に当たっていますが、どんな薬品が置いてあるかわからないので、火元には近づけないし、火勢もすごい。急いでください」

「出てこないのなら蹴破《けやぶ》るわよ！」

言葉と一緒に後ろへ下がると、走ってきた倉島が比奈子を押しのけ、ガンさんとともに身構えた。同時に足を振り上げたとき、鍵《かぎ》を外す音がしてドアが開いた。

「逃げるぞ！」

ガンさんはそれ以上のことを言わなかった。我孫子の腕をひっつかみ、自分より先に階段室へ突き飛ばす。その時、比奈子は我孫子が出て来た部屋を見た。

それは異様な部屋だった。廊下に響く警告音。点滅を続ける真っ赤な光。けれど我孫子がいた部屋には、真っ青なライトが点《つ》いていた。天井から無数に下がるチューブとコード。それらに交じって色とりどりのぬいぐるみが吊《つ》り下げられている。カクレクマノミ、ヤドカリ、ヒトデ、星、月、太陽、木の葉、蝶《ちょう》……床には空っぽで大きな水槽があり、電源を落とした巨大な機械が、黒々と壁を埋めていた。

「早く！　藤堂刑事」

倉島に急《せ》かされてその場を去るとき、比奈子は余計に頭が混乱していた。

ブーッ、ブーッ、ブーッ、ブーッ……狭い階段を上るたび、警告音はさらにけたたましくなり、むせ返るような悪臭がした。腐乱死体とはまた別の、吸い込めば体にダメージを受けそうな刺激臭だ。白かった煙は黒くなり、爆発音はひっきりなしに鳴りわたり、ガラスの砕ける音がする。地下一階のドアを我孫子がいきなり開けたので、空気の流れが変わって爆発が起きた。衝撃で我孫子は壁に押し戻され、ガンさんは体を伏せた。階段にいた比奈子は、転げ落ちそうになるのを倉島に支えられて事なきを得た。

「清水ーっ！」

口を覆ったハンカチを外してガンさんが叫ぶ。恐怖で体が動かなくなった我孫子の白衣をひっつかみ、彼を守るようにそばに居る。ドアの向こうは一面の煙だ。臭いが酷《ひど》く、目に滲《し》みる。清水も東海林も返事をしない。

「伏せろ、体を低くして進むんだ」

階下の比奈子の周囲では、まだ煙が薄く、呼吸ができる。けれど踊り場のガンさんと我孫子は、すでに煙の中にいる。ガンさんは我孫子の白衣をめくり上げ、それで彼の頭を包んだ。我孫子は四《よ》つん這《ば》いになっていたが、全身をブルブル震わせると、突然、狂ったような雄叫びを上げてガンさんを突き飛ばした。

「ガンさん！」

比奈子と倉島が踊り場まで駆け寄ったとき、眼前でいきなりドアが閉まった。我孫子はいない。ドアの向こうへ逃げたのだ。

「くそっ」

倉島がドアに体当たりすると、ほんのわずかに隙間が空いた。

煙の中、ガンさんと倉島が頷《うなず》き合う。邪魔にならない場所まで比奈子が下がると、二人はドアに体当たりした。また数センチドアが開き、真っ黒な煙が吹き込んで来る。

「押せ！」

手をかけてドアを押す二人に加勢して、比奈子も懸命にドアを押した。地下一階には明かりがあって、廊下に煙が蔓延《まんえん》しているが、明かりのおかげで視界は広い。

ドアが開いてゆくにつれ、床にべっとり血糊《ちのり》が見えた。擦《こす》れて弧を描いている。もう一押しすると、塞《ふさ》いでいたものがごろんと倒れて、我孫子の見開いた目がこちらを向いた。隙間からガンさんが躙《にじ》り出る。次いで比奈子が、そして倉島が廊下に出ると、そこは我孫子の血の海だった。バックリ開いた気道から、ブクブクと血の泡が湧《わ》き出している。眼球がわずかに動き、比奈子と目が合った時、下水管が詰まったような音を立て、血の泡は活動を停止した。

「しっかり！」

叫びながら、比奈子は我孫子の傷口を素手で塞《ふさ》いだ。血液は留《とど》まることなく流れ出て、同時に魂も抜け出していく。

「ダメダメダメ！　死んじゃだめ、死なないで」

どう抗《あらが》おうとも、止めることはできそうにない。それでも比奈子は諦《あきら》めたくなかった。我孫子が死んでしまったら、事件の真相は闇に葬られてしまうのだ。それはできない。そんなことは……けれど我孫子はもう動かない。小さな肩に手を置いて、倉島がそっと比奈子を立たせる。振り仰ぐと、倉島は左右に首を振っていた。

「ガンさーん！　藤堂ー！」

壁の向こうで声がする。再び激しい爆発音。ガンさんは、「行くぞ」と、言った。廊下の奥に火が見える。ガラスが激しく割れる音。

次の瞬間、廊下の奥でいきなりドアがはじけ飛び、炎の柱が襲いかかった。押されるように階段室へ飛び込むと、後は夢中で階段を上がった。手摺《てす》りに掛かるガンさんの手と、背後に響く倉島のバイクシューズの音だけを、何度も何度も確認しながら、駆け上るわずか十数段が、比奈子には永遠の長さに思えた。

一階の階段室には東海林がいて、腕を伸ばしてガンさんを引っ張り上げた。次いで比奈子を、倉島を、一階廊下へ引き込むと、東海林はバタンと扉を閉じた。

「大丈夫っすか！　被疑者は！」

「殺された」

苦々しく言った後、ガンさんは咳《せ》き込んだ。

「まだ、どこかにいるはずよ。我孫子を殺した犯人が」

「ガンさん、みんな、無事でしたか」

どこからか、消火器を抱いた清水が来た。

「消防に連絡したので、間もなく来ると思うんですが」

再びの爆発音。

「逃げ出すぞ」

ガンさんは命令した。

爆発音を聞いた御子柴は、即座に身構えたものの、持ち場を離れようとはしなかった。車の脇に立って周囲の様子を窺《うかが》うが、煙も見えないし、叫び声もしない。助手席の死神女史は、あのままスマホを見続けている。御子柴はスマホで比奈子に電話を掛けたが、呼び出し音は鳴るものの、応答はない。清水に掛けても、倉島に掛けても、電話に出ない。そうこうするうち、またどこかで破裂音がした。咄嗟《とっさ》に一一〇番へ掛けようとして、警察官は自分じゃないかと思った。様子を見に行くべきだろうか、それとも、持ち場を守るべきだろうか。

死神女史と病院の裏を交互に見ながら案じていると、清水が電話を返してきた。

「清水だ。研究棟で火災発生！　決して持ち場を離れるなよ、御子柴」

それだけ言って電話は切れた。胸に、頭に、それから顎《あご》に手をやってから、御子柴は消防へ電話を掛けた。それから体勢を低くして死神女史の乗る車をロックし、今も続く訓練の、逮捕術と護身術を思い返した。

研究棟を脱出した厚田班の関心は、すでに他のところへ移っていた。ガンさんの目配せで、倉島と清水、東海林と比奈子が、無言で建物の周囲に散る。薬品庫に侵入して火災を起こしたあげく、我孫子の命を奪った何者かが、まだ建物に潜んでいるのだ。躊躇《ちゅうちょ》なく我孫子の喉笛《のどぶえ》を掻《か》き切った手口や、火災でターゲットをおびき出した手際のよさは、過去にベジランテボード総合病院で起きた事件を彷彿《ほうふつ》させる。あの時暗躍していたのはおそらくプロの殺し屋だ。我孫子が殺されたとき、一階には東海林がいたし、出口を清水が見張っていたから、侵入者はおそらくまだ中にいる。

比奈子は東海林にくっついて、賊の侵入口へ回った。施錠された通用口の上に庇《ひさし》が出ており、その上にあるトイレの窓から、賊は内部に侵入したのだ。同じ場所を遡《さかのぼ》って外へ出てくるかと思ったが、炎は恐ろしい勢いで広がって、トイレの窓は真っ黒な煙と赤い炎を吹き出していた。

「こっからは無理だ。他へ行くぞ」

東海林は言って、別の場所へ回った。その間にも、バリン、バリンと音を立て、壁にある窓が破裂していく。比奈子は頭《こうべ》を巡らせた。炎は上へ走るもの。でも、薬品庫があった地下一階はすでに火の海だし、その下へ行っても逃げ道はない。鎮火するまで地下二階に隠れているのはどうだろう。いや、そんなリスクを冒すはずはない。予測通りプロの殺し屋だとするならば、あらゆる状況を想定しているはずだから。

「東海林先輩、マル被が耐火スーツを着ている可能性はないでしょうか」

「は？」

と、東海林は立ち止まり、

「あり得るな」

と、鼻先を掻いた。

「その場合、じっとチャンスを窺って、もっとも逃げやすい場所から外へ出るな。逃げやすく、捕まり難《にく》い場所……」

東海林と比奈子は同時に研究棟を仰ぎ見て、

「森だ！」と、叫んで走り出した。

森の手前には御子柴がいる。死神女史を守っている。走りながら、

「ガンさーんっ」と、呼ぶ。

「倉島さーん、清水さーん！」

「正面二階、左手奥、ベランダ伝いに犯人が出ます！」

比奈子が叫んだその瞬間、囂々《ごうごう》と噴き出していた炎の中から、火だるまになった人間が飛び出してきた。そいつはベランダから細長い地面に飛び降りると、病院奥の草地に転がりながら火を消して、すっくと立ち上がるなり駆け出した。玄関前の倉島と清水が後を追う。

「止まれ！　止まらないと撃つぞ！」

ガンさんが空に威嚇発砲したが止まらない。その先には八王子西署の車があって、車の外には御子柴がいた。

「御子柴ーっ！」

悲鳴のように清水が叫ぶ。比奈子もまた息を呑《の》んだ。頭の天辺《てっぺん》から足の先まで、真っ黒なスーツに覆われた暗殺者が、跳ね出しナイフを抜いたことがわかったからだ。

突然の危機に、御子柴が固まる。狙いを定めたガンさんは、賊と御子柴が一直線に重なっているのを見て舌打ちした。引き金を引けば、跳弾は御子柴か、それとも車に当たるだろう。「くそっ」と言いつつ銃を下ろして、ガンさんも駆けだした。御子柴の眼前に賊が迫る。比奈子の位置からはとても手が届かない。御子柴の引きつった顔と、瞳孔《どうこう》の開ききった瞳《ひとみ》を見ると、比奈子は絶望感に襲われた。心臓がバクンと躍る。

その瞬間、比奈子は大声で叫んでいた。

「踏みとどまれ！　御子柴あああああっ！」

刹那《せつな》、御子柴の体は宙を飛んだ。賊に襲いかかるでも、ナイフを叩《たた》き落とすでもなく、御子柴は地面にスライディングして、襲ってくる男の踝《くるぶし》をすくった。上半身が浮き上がり、男は胸から地面に落ちる、その瞬間、ナイフが賊の手を離れた。が、すぐさま体勢を立て直し、賊が跳ね出しナイフを摑《つか》んだとき、今度は倉島がタックルした。同時に東海林が膝《ひざ》で背骨を踏みつけて、遅れてきた清水が拳《こぶし》ごとナイフを蹴《け》り飛ばす。

地面に倒れた御子柴を、比奈子が抱き起こし、抱きしめた。

「よかった、無事だった、御子柴くんっ」

御子柴はただキョトンとしていたが、ガンさんに背中を叩かれると、ようやく全身が震えてきた。

「よくやった。御子柴」

「は……は……は……」

はい。と、言う代わりに、御子柴は突然地面に吐いた。

背中をさすってやりながら、比奈子が頭をポンポンする。御子柴は無様に泣きながら、胸の奥に湧《わ》き上がる言いがたい想いを嚙《か》みしめていた。刑事って……

その先のことは、まだよくわからない。そう思いつつも、自分はここにいてもいいのだと、初めて思えた気持ちがしていた。

「……二十二時四十三分。殺人及び放火容疑で緊急逮捕だ」

両手に手錠を掛けられると、賊はようやく大人しくなった。

パトカーと消防のサイレンが近づいてくる。夜空を赤々と染めて研究棟は燃えており、そろそろ近隣住民も、音と臭いに気が付いて集まり始めているのだった。

倉島は賊を立ち上がらせると、顔面のミラーゴーグルを外し、すっぽりと顔を覆ったフードを取った。御子柴が想定したとおり、賊は二十代後半の東洋人だった。何を聞いても答えないが、手帳を拾ったと申し出てきたランニングマンであることは間違いなかった。

「本庁捜査一課、東海林主任に引き渡します」

ガンさんは東海林にそう言ってから、

「あとはよろしくな、東海林」と、付け足した。

東海林は少し淋《さび》しそうに「うす」と言い、厚田班に敬礼した。

こんな騒ぎになっていたというのに、八王子西署の車で死神女史が顔を上げ、

「終わったのかい？」

と、訊《き》いたとき、薬品の煙のせいで咳《せ》き込みながら、ガンさんは、やれやれと首を竦《すく》めた。御子柴も、もちろん他のみんなも放心状態で、車の周りに立ったりしゃがんだりして休んでいる。

「じき、先生の出番になりますよ。残念ながら我孫子勝を死なせてしまいました。俺も始末書を書く羽目になりそうで、ま、仕方のないことですが、これで事件が闇に葬られるようなことがあったら、悔やんでも悔やみきれませんや」

ガンさんが助手席のドアを開けると、女史はようやくスマホの電源を落として外に出て来た。その頃には、病院の駐車場は警察と消防の車でごった返しており、野次馬の警備をするために警察官が何人も出動していた。建物の燃える不快な臭いが漂って、研究棟からまだ煙が上がっている。薬品火災は鎮火が難しく、研究棟にあったはずの数々の証拠、我孫子勝の他殺死体も、地下にあった遺体のプールも、どの程度検証できるかわからない。火災の煙が蔓延《まんえん》しているというのに、女史は煙草に火を点《つ》けて、宙に向かって煙を吐いた。

「事件が闇に葬られることは、ないよ」

その言葉を聞いて、厚田班の面々は顔を上げた。

「え、そりゃまたどういうことなんで？」

「我孫子勝は、あたしにマイクロSDを残した。中に、研究データが入ってた」

「見たんですか」

「見た。警部補んところの若いのが、データを見せてくれたからね」

比奈子と一緒に草の中に座っていた御子柴が顔を上げる。死神女史は先を続けた。

「データの保管者は鹿島和政。たぶんだけど、我孫子勝が命の保険として、鹿島理事長のパソコンから盗み出したものだと思う。結局のところ、保険の役には立たなかったけどね」

「どんなデータなんですよ」

倉島が、清水が、御子柴が、比奈子が、二人の周りに集まってくる。死神女史は下を向き、一口だけ吸った煙草を踏み消してから、詫《わ》びるような声でこう言った。

「愚か者の妄想劇の、脚本さ」

「ええっ？　そりゃ……」

「しーっ」と、女史はガンさんの口を押さえ、

「車に乗って」と、全員に言った。

この時、古い厚田班のメンバーと同等に、新人の自分が運転席に座ったことを、御

子柴は生涯忘れずにおこうと決めた。背の高い倉島が助手席に座り、後部座席に折り重なるようにガンさんと死神女史と清水と比奈子が詰め込まれたが、激しく点滅するパトカーのライトと、消防車の放水音と、警告をする警備員らの怒号に紛《まぎ》れて、車内での密談は粛々と行われた。

女史はＳＤカードをガンさんに渡し、何事か決意するような声で話した。

「データは、バイオテクノロジー・テロの実行計画だと思う。あの研究棟で我孫子が実行しようとしていたのもそのひとつで、人魚や鱗《うろこ》のある子供たちはむしろ、本元の研究に付随した、我孫子の遊びみたいなものだったのかもしれない。金と時間にものをいわせて、我孫子は何でも試していたんだ。操作した胚《はい》を人体に戻したり、健康な子供に遺伝子異常を起こさせて変異させたり、あまつさえ過誤腫《しゅ》を発症させて骨や筋繊維を変質させたり……あいつは本物のサディストだよ。でもね、奴らの本当の目的は、例えば暗闇で見える目や、水中でエラ呼吸できる肺や、瞬間的に鋼の硬さになる筋肉なんかを持つ超人間を創り出すことだったみたいだ」

「超人間って、マンガじゃあるまいし」

「いや、もちろん本気の本気でやっていたんだよ。軍事目的で」

一同はしばし言葉を失った。死神女史はさらに続ける。

「ファイルには、ＣＢＥＴの文字と光を模したロゴマーク、そして鹿島理事長のサインがあった。スヴェートは何かの秘密結社かもしれない。覚えているよね？　昨年の暮れに起きたベジランテボード総合病院襲撃事件で、関係者が無残な殺され方したのをさ。迷いなく、冷酷に。あれはプロの仕業だよ。そしてあの事件でも、我孫子勝と同様に実行犯が変死した」

「あっ」

比奈子と倉島は同時に叫んだ。二人で顔を見合わせて、倉島が先に言う。

「すみません。東海林から聞いて、ガンさんに報告するのを忘れていました。あの時実行犯を捕らえた新宿署の刑事が、自殺していたそうで」

「飛び込みだということでした」

「マジかー」

と、清水。ガンさんは顎《あご》を摑んで捻《ひね》り始めた。

「だからだったってことなのか……ベジランテボードに公安が出張っていたのは……スヴェートが秘密結社だとすると、根っ子はすでに、いろんなところに張り巡らされているってことか」

「それだけじゃないんだよ」

死神女史は首を回して、鎮火中の研究棟へ目をやった。

「連続殺人鬼佐藤都夜《さとうつや》。彼女のことも覚えているね、もちろん」

御子柴でさえ、その名前は知っていた。五人の女性の皮を剝《は》ぎ、刑務所に収監されるも脱獄し、その後も数人の命を奪いながら逃走して、最後は火事で焼け死んだ希代の連続猟奇殺人鬼だ。

「ＳＤの中に、佐藤都夜の名前があった」

「えっ」

比奈子は思わず声を上げた。

「あの女、火事で焼け死んだはずだったよね？」

もちろんだ。永久が彼女に火を放ち、赤々と燃えるのを比奈子は見ていた。見てはいたが……その後の記憶は定かではない。

「火災現場から、炭化した遺体が二体出たと聞いてますがね」

「高温で炭化してしまうとＤＮＡは検出できない。もっとも、状況的に間違いがないと思われるなら、被害者のＤＮＡ鑑定なんてしないからね」

「佐藤都夜がどうしたというんです？」

倉島が訊く。死神女史はチラリと比奈子に視線を送った。

「彼女は人を殺すことに何の躊躇《ためら》いも感慨も持たないから、脳の組成を人工知能にコピーして、殺人兵器を作ろうって計画だ。組織の名前CBETは、ロシア語で光を意味し、活動する者をルシフェルと呼ぶ。ルシフェルはラテン語で光を帯びた者を意味するからね」

「なんか、ロールプレイングゲームみたいですね」

運転席から御子柴が言う。が、死神女史の表情は強《こわ》ばったままだ。

「荒唐無稽《むけい》なファンタジーに思えるかい？　でも、奴らは本気なんだと思うよ。人間には計り知れない能力が潜んでる。これ程人工知能が進んでも、人工知能が人より優れている部分なんか、ほんの一握りに過ぎないんだからね」

比奈子は指先が氷のように冷たくなった。仲間たちがこんなに近くにいるというのに、氷の荒野にたった独りで投げ出されたように感じていた。おそらくは、他のみんなもそうだろう。佐藤都夜の呪いがまだ生きているなんて、想像だにしたくなかった。それなのに。彼女は永久に焼き殺されて、永遠にこの世から消えたはずだったのに、あの恐ろしい女を人工知能として蘇《よみがえ》らせる計画があるなんて。

「スヴェート……」

血も凍る言葉を噛《か》みしめながら、比奈子はポケットに手を入れた。もう卒業できたと思っていた母の形見の七味缶を、今こそは握りしめずにいられなかった。

カシマ・ギネコロジカルの研究棟が全焼し、地下一階から我孫子勝の死骸《しがい》が出たが、薬品庫と同じ階にあった遺体は損傷が著しく、我孫子が喉《のど》を切られて死亡したことは判別不能であったという。逆にいえば、あの場所にもし比奈子らが駆けつけていなかったら、我孫子の死は薬品火災による焼死ということで決着がついていたはずだ。地下二階の遺体置き場は焼け残り、プール様の設備から夥《おびただ》しい骨が見つかった。大型の骨は水生生物や鳥類のものであり、人骨のほとんどは、小さくて未成熟なものだった。

放火及び殺害の現行犯として逮捕された男は何も喋《しゃべ》らず、翌朝、拘置所の中で死亡しているのが見つかった。死因は劇毒物による中毒死。男は奥歯に劇物を仕込んでおり、指紋、眼球、さらに歯を焼き溶かしていたという。司法解剖した死神女史は、それでも男の身体的特徴と、毛髪やDNAなどを詳細に記録、保管して、必ず正体を明かしてやると息巻いている。

「もうひとつ発見があってねえ」

比奈子とふたり、センターへ向かう車の中で女史は言った。

「あの男、CBETのロゴを入れ墨していたんだよ」

「光のマークですか？」

「そ。それも、決してひと目につかない場所に」

「決してひと目につかない場所って？」

死神女史はぐるりと比奈子に顔を向け、意味ありげに唇を歪《ゆが》めた。

「え？　口の中とか？　足の裏？」

「もっとずっとデリケートな場所だよ。あんなところに入れ墨をするなんて、狂ってるとしか思えないけど、パンツ脱がなきゃわからないんだから、適所といえば適所だよねえ」

「え……もしかして……？」

局所に入れ墨をするなんて。想像するだけで寒気がした。

「ビンゴ。忠誠心を見せるのは大変だ。鹿島理事長にもあったのかなあ。ま、豚に喰《く》われちゃ、確かめようもないけどさ」

人間の尊厳など微塵《みじん》も重んじない奴らだと思ってはいたが、その事実に比奈子は戦《せん》慄《りっ》した。そんな奴らが野比先生を狙っているのだ。バイオテクノロジー・テロと死神女史は言うけれど、脳を操作して自死を仕向けた野比先生の実験に、そんな連中が興味を持つのもまた当然と思われて、杞憂《きゆう》であればいいと願った思いが木っ端微塵《みじん》に砕け散るのを比奈子は感じた。

五月の空は青々として、少しだけ開けた車の窓から柔らかな風が吹き込んで来る。

「私の方も、わかったことがありました」

「おや、ＣＢＥＴについてかい？　オタク鑑識官が調べてくれたの？」

「いえ、さすがにそちらは手こずって……というか、ガンさんが、三木捜査官の身の安全のためにも、むやみに検索することを禁じたんです。必ず手段を講じるから、それまで待てと」

「賢明だね。どこにルシフェルが潜んでいるのか、わからなくなってきた。あの御子柴って新米も、しっかり守ってやらなきゃいけないしねえ」

「はい。ですからこのことは、猟奇犯罪捜査班以外に口外無用としています」

「それじゃ何がわかったの」

「後ろの席にバッグがあります。そこに、ビニールに入った髪の毛と、あの日我孫子がしていたメガネが入っているんです。先生、ＤＮＡを検出してもらえませんか？」

「それはいいけど、何のために？」

死神女史は手を伸ばし、比奈子のバッグをかき回した。

「先生は前に、人魚のDNAが検出できそうな部位を抜き取って、センターへ送ったと仰《おっしゃ》いましたね。その髪の毛、我孫子の離婚した奥さんに提供してもらったものなんです」

「つまり、どういうことなんだい？」

「あの日、片岡刑事は那須町へ飛んで、彼と奥さんのことを聞き込んでいたんです。我孫子は大学を去る三年前に、十七歳の女性と結婚しています。彼女が妊娠してしまったからなんですが、赤ちゃんの出生届は出ておらず、一年足らずで離婚しました。片岡刑事の話では、奥さんの妊娠を高校の友人たちは知っていたそうです。赤ちゃんは双子らしくって、それぞれ大きさが違うのと、嬉《うれ》しそうに話していたと。その三年後。幼児の誘拐事件が頻発し始めた頃に、奥さんのご両親が管理していた那須町の貸別荘で、水槽に入った嬰児《えいじ》のホルマリン漬けが見つかる事件が起きました。たぶん、まだパトロンが見つかっていなかった我孫子が、そこで研究をしていたんだと思うんですが」

死神女史は顔を上げた。

「その水槽の赤ん坊が、双子の片割れだってのかい？」

前を見たまま、比奈子は頷《うなず》く。

「水槽は今も所轄署の保管庫にあって、片岡刑事が確認してきたんです。赤ちゃんは、表皮をもたない障害をもっていたようです」

「ハーレクイン型魚鱗癬《ぎょりん》かい？　感染症に弱くて長生きすることは難しい」

「はい。おそらくですが、双子は無事に生まれることができなかったのじゃないかと。大きく生まれた赤ちゃんのほうも、同じ障害を持っていたのかもしれません。幼かった母親は現実を受け止めきれずに子供を捨てた。それとも、仮死状態だったから流産したと思ったのかもしれません」

「ちょっとお待ちよ。それじゃ、あの人魚……？」

　比奈子はもう一度頷いた。

「研究棟の地下室で、奇妙な部屋を見たんです。青紫の照明がついた海底のような部屋でした。あの青いライトは殺菌用の照明だったのかもしれない。部屋にはたくさんの機器と、とても大きな水槽があり、天井からケーブルやチューブ、そしてぬいぐるみも下がっていました」

「ぬいぐるみって」

「ほとんどが、海の生物だったように思います。それで思ったんです。あの人魚は、あそこで暮らしていたんじゃないかと」

「彼の娘だったと思うのかい？」

「ええ。我孫子が絵梨花と呼んだのは、あの人魚のことだったのじゃないかと。表皮がなくて、乾燥すると剝《は》がれ落ちてしまう皮膚を保護するために、ジェル状の薬液の中で彼女を育てた。体内に癌が発生したのは、もちろん研究のせいだったかもしれません。でも、彼は娘を救おうと、胚《はい》の研究に没入していったのじゃないでしょうか」

死神女史は背もたれに体を預けて、

「驚いた」と、溜息《ためいき》を吐いた。

「よくもまあ、そんな発想ができたこと。死んだ自分の娘をつぎはぎして、人魚姫にして、ホルマリン漬けかい？」

「たしかに猟奇的だし、命の尊厳を無視した行動かもしれません。でも、こうも考えられるんじゃないかなって」

比奈子の瞳《ひとみ》に日光が照り返す。黒々と澄み切ったその目を眺めて死神女史は、この子はいつの間に、こんな表情をするようになったのだろうと考えていた。

「娘が癌で死んだとき、我孫子は絶望したことでしょう。手を尽くせば尽くしただけ、その死を受け入れがたくって、生涯を地下室の水槽で過ごすしかなかった彼女に新しい体を与え、本物の人魚にしてやろうと考えたのじゃないかしらって」

「あんたは筋金入りのお人好しだよ。だからって、あいつのしたことは許されない」

「もちろんです。でも、あの子に罪はないんだし、せめて素性がわかればと」

「彼が父親だとするならば、あの子の遺髪は誰にも渡してあげられないってことになる。母親は、娘が死んだと思っているんだろ？　何年も前にさ」

「そういうことになりますけれど、それでもやっぱり、真実は真実ですから」

死神女史は、ポンと比奈子の腕を叩《たた》いた。

「ＤＮＡは調べるよ。照合もしてみよう。そしておそらく、あんたの推理が正しいんだろうと、あたしも思う」

死神女史は言葉を切って、しばらく外の景色を眺めた。萌《も》え出る新緑も咲き誇る花も、太陽の光もさわやかな風も、何一つ、知ることもなく逝ったのだ。我孫子が愛した不遇の少女は。

「人魚の遺髪は、こっそり海に流してやろうか。灰にしてから」

「その時は私も一緒に散骨に行きます。あ、散髪になるのかな、何か変ですね」

強引に笑みを浮かべながらも、両目を涙で潤ませる比奈子を、死神女史はきれいだと思った。

エピローグ

日本精神・神経医療研究センターの守衛室でチェックを受けたとき、比奈子は、死神女史を通じて手配してもらった品が届いたことを教えられた。品物は素材の紙からインクに至るまで、すべての検査をクリアして、無事、図書室の管理人に預けられているという。長い前庭を歩きながら、死神女史は比奈子に言った。

「よかったねえ。ま、ただの本がチェックに引っかかることはないと思うけど、こんな事件が続くとさ、何が起きても不思議じゃないと思えちゃうしね」

「私、今までは、日常と地続きで凄惨《せいさん》な事件が起きるたび、怖くて不気味で仕方がなかったんですけれど、今はあの頃よりもっと、ずっと、恐怖に震えているような気がします。だからこそ、希望は捨てたくないなって」

「いいんじゃない？　というか、むしろいいところに目をつけたと思うよ。彫刻の図鑑なんてさ」

比奈子が女史に手配してもらったのは、立体彫刻を集めた写真集だった。比奈子はそれを、永久にプレゼントしたかったのだ。

「永久君は骨からでさえ素晴らしく美しい造形を造り出せる子なんです。だから、ものつくりの才能があるんじゃないかと思って。それに、何かを造るには見ないといけないし、見たら美しさに感動しないとならないし」

女史は比奈子のお尻《しり》をポンと叩いた。

「いいねえ。きっと心が育つだろう」

「はい。だから、最初に図書室へ寄らせてください」

以前来た時とまったく変わらない空気が、センターの図書室には満ちていた。薄暗い室内。埃《ほこり》と紙とインクの匂い。時間が止まっているのではないかと思わせるような静寂。

鍵師《かぎし》と呼ばれる管理人を呼び出すために、センターの人たちは入口カウンターでベルを鳴らす。保はそう教えてくれたのだけど、比奈子は保がしていたように、こちらから鍵師を探そうと思った。

カウンターに女史を残して、図書室の奥へ入っていく。

天井まで続く本棚の間を迷路のように走る通路を覗《のぞ》きながら、無彩色の室内に溶け込むような男を探す。

彼の時間はここへ来た時に止まっていて、ある日ふと、亡骸《なきがら》だけがボディファームへ運ばれて、また新しく無彩色の管理人が赴任する。そうして誰ひとり鍵師がこの世を去ったことに気付かない。あの老人がそんな人生を選んだことを案じるからこそ、保はベルを鳴らさずに、自ら彼を探したのだと比奈子は思う。だから自分もそうしたい。比奈子が話したいのは図書室の管理人ではなくて、ここに自分の能力を埋没させることを選んだ鍵師その人なのだから。

「こんにちは」

比奈子が彼を見つけた時、鍵師は本の壁に取り付いた蟬みたいに、長い梯子《はしご》の上に立ち、昇降装置のチェックをしていた。以前と同じシャツを着て、以前と同じエプロンを着け、以前と同じ布を持っている。空耳がしたかのように動きを止めた鍵師は、それが空耳だったと確かめるように首を回して、一心に自分を見上げる比奈子に気付き、長い梯子を蜘蛛《くも》のようにスルスル下りて、比奈子の前に降り立った。

「……何を探すね……?」

フイゴのような声で彼は訊《き》く。

「はい。個人で所有できる彫刻の図鑑が届いたというので、頂きに来ました」

鍵師は答える代わりに目を細め、無言で比奈子を見下ろした。前に会ったことを覚えているのかいないのか、その態度からは推察できない。それでも比奈子は、直接彼にお礼を言いたいと思っていた。

受付カウンターでは死神女史が待っている。だから書架の間を通り抜けるとき、背の高い鍵師の背中に比奈子はそっと囁《ささや》いた。

「先日はありがとうございました」

「何か……役に立てたかね？」

振り向きもせずに鍵師が訊いたので、比奈子は彼が自分を覚えていてくれたと知った。

「はい。あなたが仰《おつしや》っていたとおり、あの論文は愚か者の妄想劇でした。ドクターAは、神になりたかったんだと思います」

鍵師は歩調を緩めた。ぶらりと下げた右手はやはり、二本の指が欠けている。

「人は人だ、神にはなれない……人生を自在に決められるのは神だけで……たとえば俺は、自分の指を切り落としたが……能力を封印することはできなかった」

「あなたの能力は指ではなくて、聴力にあるからですね」

ピタリ。と、鍵師は足を止めた。微《かす》かに首を振ったので、丸いロイドメガネがキラリと光る。

「指を切り落としたのはアピールで、あなたの技術は損なわれていない。なぜなら、最も大切なのは、指ではなくて聴力だから。そうでしょう？」

そうだ。と、答える代わりに、鍵師はまた、歩き出す。

「前に来たとき、あなたが微かに首を振る仕草に気が付いたんです。あれは、とても些細《ささい》な音を聞き分けていたからだったんですね。聴力は音量の蓄積によって衰えていくそうだから、その驚異的な聴力を守り続けるために、あなたは静かな図書室の管理人を選んだ。そうでしょう？」

いつかまた、その能力を使うときのために。

比奈子はそう考えていたが、そこまで口にするのはやめておいた。センターにいる限り、鍵師にそのチャンスが巡ってくるとは思えない。

「あんた……なかなかユニークだな」

鍵師は俯《うつむ》いて、「ふっ」と、笑った。

「だが、もう……誰かのために鍵師をすることはないだろう……その時が来たら……俺は、俺の魂のために、それをする」

「よかった」

と、心から比奈子が呟《つぶや》いたので、鍵師はついに振り返った。

「本当によかった。あなたにもまだ、あなたのものが残っていて」

ニッコリ笑った比奈子の顔を、ほんの数秒鍵師は見つめ、それからまた踵《きびす》を返した。

そこからはもう、二人とも、ひと言も喋《しゃべ》らなかった。

カウンターで本を受け取り、比奈子と女史は図書室を出た。

鍵師はしばらく立ち尽くして、二人の後ろ姿を見送った。


中島保の研究室を、比奈子と女史が揃《そろ》って訪れるのは初めてだった。今日は来訪の予定を告げていたので、保だけでなく、永久も比奈子を待っていた。真っ白な部屋にいる白衣の保と、白い服の永久は、何度見ても比奈子を不安にさせる。採光に配慮された部屋は生活感が全くなくて、そこに立つ白い二人が幻のようで怖くなるのだ。数ヶ月ぶりに見る永久は背が伸びて幾分か大人っぽくなり、保とお揃いの丸いメガネを掛けていた。光に弱い永久の瞳《ひとみ》を守るため、保が用意したのだという。

「金子君の部屋はモニターばかりで、その光が永久君の目にはよくないんです。いずれはカラーコンタクトを考えているんですけど、永久君にはまだ早いので」

簡単な挨拶《あいさつ》の後、保は二人に説明した。

「でも永久君、メガネ似合うよ」

プレゼントを背中に隠して比奈子が言うと、永久ははにかんだように、

「こんにちは」

と、頭を下げた。片手は膝《ひざ》まできちんと下ろすが、片手はポケットを押さえている。

「こんにちはお姉ちゃん。こんにちは死神ハカセ」

銀縁メガネを光らせて、女史はジロリと保を睨《にら》んだ。

「おや、あたしの名字は石上だよ、い、し、が、み」

「ぼくはきちんと石上博士って伝えたつもりだったけど」

「だって、死神のほうがカッコいいもん」

永久は悪戯《いたずら》っぽく笑って、そう言った。死神女史は永久の頭を優しく押さえ、カウンセリングルームのソファに勝手に座った。保と比奈子、そして永久だけが立っている。

「あのね、永久君。今日はプレゼントを持って来たの」

腰を屈《かが》めて比奈子が言うと、永久は目を丸くして、動きを止めた。表情の作り方を模索しているかのように、目だけが大きく見開かれた他は、表情がない。それでも数

秒遅れて口を開け、

「ぷれぜんと？」

と、比奈子に訊いた。

「うん。これなんだけど」

比奈子は一生懸命に選んだ彫刻の写真集を永久の前に差し出した。永久が興味を持てるよう、そして、いつか自分でも挑戦できるように、根付けなどの小物を集めたものをチョイスした。本を開けば、小動物から植物まで様々な細工物の写真が載っている。永久は無言で本を受け取り、それから、

「ぼくの？」と、また訊いた。

「これぼくの？　ねえ、これぼくの？　ぼくの、ぼくだけの本？」

「そうよ」

そのとたん、永久は、「ぎゃーっ！」と、奇声を上げた。両腕で本をかき抱き、天井を見上げて大声で、何度も、何度も叫び続ける。ひざまずいて永久を本ごと抱きしめると、比奈子は耳元に囁いた。

「そうよ。永久君の本よ。永久君のために選んだの。私が選んで、死神ハカセが、ここまで運んでくれたのよ」

体の芯《しん》からわき起こる感情を、永久はまだ上手にセーブすることができない。けれど比奈子に抱きしめられると、永久は間もなく叫ぶのを止め、比奈子の頬に自分の頬を擦《こす》り付けてきた。永久の頭に手をやって、比奈子はその顔をじっと見た。

「お姉ちゃん、ありがとう！」

おでこも、頬も、鼻も、口も、心からの笑みが永久の顔全体に浮かぶのを、比奈子は初めて見たと思った。思ったとたん、抑えきれずに比奈子はまた永久を抱きしめた。見上げた先に保の顔があり、彼は静かに頷《うなず》いている。

「ぼくこれ、読んでいい？　ねえ、タモツ」

永久は飛び跳ねながらそう訊《き》いた。正真正銘、自分がもらったプレゼント。それは金子の部屋から持ち帰ったＵＳＢメモリの価値を、急激に色褪《いろあ》せさせた。永久はもうポケットを押さえず、両腕で本を抱いている。

「いいよ」

と、言うが早いか、永久は本と一緒に別の部屋へ行ってしまった。

「あの子が、あんな表情をするなんてね」

死神女史は永久を見送りながら、しみじみ言った。

「少しずつですが、変わってきていると思います。永久君は、もともと吸収力がすごいというか。でも、今までは偏った価値観に照らすことしか許してもらえず、世界を広げることもできなかったと思うんです」

「ここの環境もよかったかもね。あの子を特別視する人間がいないこと、彼の能力にマッチした、変人ばかりがいることも――」

「でも、いずれは、同じ年頃の子供たちの中に戻してあげたいと思うんですけど」

保は比奈子を振り返り、「どうぞ」と、女史の隣の席を勧めた。

「そうだねえ。それは難しいかもしれないけれど、どちらにしても、あの子まで、ここで生涯を終えて欲しくはないね」

ここで生涯を終える保に向かって、女史は続ける。

「可能性はゼロじゃない。すべての可能性はね、ゼロじゃないと思うんだ」

部屋の窓から青空が見えて、遠くに入道雲が湧《わ》いていた。鋭く黒く弧を描き、今年のツバメが空をゆく。向かいに座った保のまんまるメガネに目をやりながら、比奈子は、鍵師《かぎし》のことを考えていた。

ここには保や鍵師のような人たちが、幾人くらいいるのだろう。どんな罪状で収監されて、どんな思いで暮らすのだろう。我孫子勝がもし、生きていたとするならば、ここに匿《かくま》われることはあったのだろうかと。

「今日来たのはね」

死神女史は俯いて、独り言みたいに先を続けた。

「人魚の事件が解決できたことのお礼と、もうひとつ、あんたの周囲に不穏なことがないか訊きに来たんだ」

女史は保に訊《たず》ねたのに、比奈子の心臓が痛くなる。女史はどこまで話す気だろう。スヴェートという組織がバイオテクノロジー・テロを計画しているかもしれないことを。そして、ベジランテボード総合病院襲撃事件は、組織が中島保を手に入れるために起こしたのかもしれないことを。野比先生がもし、それを知ったら。自分のせいで被害者が出たことを知ったなら……

比奈子はそれが怖くてならない。

「不穏なことって、なんですか？」

比奈子の気持ちを知る由もなく、保は純粋にキョトンとしている。

「何か変わったこと。あんた個人のことでもいいし、あんたの周囲のことでもいい」

「いいえ、特には……永久君の行動範囲が広がったことくらいかな」

「あっ」

と、比奈子は顔を上げた。永久君の行動範囲という、保の言葉に閃《ひらめ》いたのだ。永久の行動範囲が広がったのは、金子未来という青年のおかげだ。

「野比先生、あの絵をもう一度見せてください。サヴァンの青年が描いたという影人間のイラストです」

「いいですけれど？　ああ、そういえば」

保は立ち上がり、デスクから二枚の画用紙を持って、戻った。

「これは金子君が何かを伝えようとして描いた絵です。所々に黒い人間が描かれていて、彼はそれを幽霊と呼んでいるんですが」

もう一枚、ほぼ同じ構図の別の絵も差し出しながら、保は嬉《うれ》しそうにニコニコ笑う。

「こっちは、つい最近、金子君が描いた同じ絵です。ここを見てください」

彼は画用紙の隅に描かれた小さい人を指さした。

「横向きの小さい子がいるね」

死神女史はメガネを持ち上げて、

「これはあの子だね。よく描けている」と、言った。

比奈子も画用紙を覗《のぞ》き込んだ。細かく執拗《しつよう》な描写は二枚とも同じで、構図はおろか人物の配置も、大きさも、コピーしたようにそっくりだ。それでも確かに永久の絵は、表情のある横向きになっている。

「そうなんです。最初に描いた一枚は永久君が後ろ向き。後ろ向きなのは永久君だけで、描かれた場所も片隅です。これは、金子君が永久君の内面を見透かして描いたからでしょう。でも、最近描かれた永久君は表情が見えるようになって、描かれた位置も、少しだけ画用紙の内側に移動しているんです。金子君はコピーしたように絵を描けるので、これは永久君の内面の変化だけでなく、金子君自身の永久君に対する感情の変化でもあるんです」

「なるほどねえ」

感心して女史は言う。だが比奈子はその時、別の変化にも気が付いていた。

画用紙のほぼ中央、四角い箱に入ったカリフラワーのような脳みその絵。その絵にも微《かす》かな変化が見て取れる。目を凝らすと、脳みその斜め横に、まるで鉛筆の線が擦れたように、同じ形の脳みそが浮かんでいるのだ。それは残像のようにも見え、また、脳みそをコピーしたようでもあった。

「石上先生、これ……」

死神女史は目を上げて、比奈子の唇が紫色になっていくのを見た。人差し指をピンと伸ばして、比奈子はカリフラワーを指している。その瞬間、女史もあからさまに表情を変えた。我孫子のＳＤに残されていた、恐ろしい計画を思い出したのだ。佐藤都夜の脳をコピーして、冷酷無比な人工知能を造るという計画だ。

「比奈子さん？」

怪訝《けげん》そうに保が訊ねる。

もっとよくイラストを見ようと、死神女史は二枚の画用紙を並べて顔に近づけた。紙面に外光が当たるよう、窓に背中を向けて焦点を合わせる。それを見守っていた比奈子と保は、同時に、「あっ」と、小さく叫んだ。

顔を見合わせ、それから同時に女史を見る。

いや、見ていたのは女史じゃない。二枚の画用紙の裏にそれぞれついた鉛筆のカスだ。点を打ったような黒い汚れを、保も、比奈子も、気に掛けてなどいなかった。けれど二枚が並んでみると、汚れはまったく同じ位置にあったのだ。

「なんだい？」

と、女史が訊く。保はその手から画用紙をとって、大きな窓の前に運んだ。比奈子も女史も立ち上がり、保と一緒に窓辺に立つ。保は画用紙を裏返して窓に当て、太陽の光に透かしてみた。描かれた人物が反転し、裏側の汚れがそれに重なる。そのとたん、比奈子も、保も、死神女史も、汚れが汚れでなかったことに気が付いた。

金子は見たものを一瞬で記憶する能力を持つ。その能力は正確すぎて、右の頸動脈《けいどうみゃく》直下に埋め込まれたマイクロチップは右側にしか再現できない。だからマイクロチップが見えない体勢で描かれた人物は、反転したとき右側になる場所に、つまり画用紙の裏側に、点を打つしかなかったのだ。図書室の鍵師、乳鉢で虫をすり潰《つぶ》すジョージ、脳科学者の一人にも、いつもニコニコしている毒物学者も、掃除夫も、そして。

「スサナ……」

ほぼ同時に気付いたために、三人は、それが誰の呟《つぶや》きかわからなかった。明るく美人で、如才なく、保とも死神女史とも友人である晩期遺体現象の研究者スサナ。彼女の首にも間違いなく、マイクロチップの点が打たれていたのだった。

ハイ、タモツ。

長い黒髪、褐色の肌。原色のウエアに白衣を羽織り、ハイビスカスの花が咲くような笑顔で保を呼ぶスサナの姿を、三人はそれぞれに思い描いた。

センターでは特殊能力を持つ犯罪者らが研究員として働いている。事情も過去も取っ払い、能力のみを研究に生かす目的でここにいる。そんなことはもちろんよくわかっていた。けれどスサナが犯罪歴を持つなんて、比奈子も、保も、もちろん死神女史も知らなかった。スサナが保の素性を知らないのと同様に、ここで働く者たちは、それぞれの事情に頓着《とんちゃく》しない。それにしても……と、比奈子は思う。

スサナの人生に、いったいどんなことが起きたのか。

首にマイクロチップを埋められてから、タートルネックしか着なくなった野比先生のように、濃紺のシャツをきっちり着込んで首を隠していた鍵師のように、スサナもまた長い黒髪でマイクロチップの跡を隠していたのか。いいや、それとも、彼女は何も隠すことなく、いつか自分も死体となって置かれるボディファームで、死者を観察する仕事を続けてきたというのだろうか。

ハイ、タモツ。

燦然《さんぜん》と光り輝くスサナの笑顔。あの笑顔を、彼女はどうやって取り戻すことができたのだろう。

知るべきではない個人情報を隠すように、保はそっと画用紙を下ろした。

秘密の鍵《かぎ》は思いがけないところに落ちている。誰が拾って、どうするか。

例えば野比先生を狙うスヴェートのように、恐ろしいことが起きてから、結果を運命だったと諦《あきら》めるのは、怖すぎて厭《いや》だと比奈子は思う。

窓の外には青く空が広がっている。燕《つばめ》が飛び交い、風がゆき、真っ白に入道雲が浮く空の下、様々な人が生きている。秘密の鍵をどこかに隠して、普通の顔で生きている。保と、スサナと、鍵師と、私。我孫子勝と鹿島理事長。スヴェート。そして、ルシフェルと呼ばれる奴ら。

私たちは、どこが違うの？

空のポケットに手を入れて、比奈子は七味の缶をまさぐった。

……To be continued.

【主な参考文献】

『警察手帳』古野まほろ（新潮新書）
『ミステリーファンのための警察学入門』（アスペクト）
『性犯罪の心理　あなたは性犯罪の実態をどこまで知っているのか？』
作田　明（河出書房新社）
『日本の「人魚」像　『日本書紀』からヨーロッパの「人魚」像の受容まで』
九頭見和夫（和泉書院）

本書は書き下ろしです。

この作品はフィクションです。実在の人物、団体、事件等とは一切関係ありません。

MIX《ミックス》　猟奇犯罪捜査班《りようきはんざいそうさはん》・藤堂比奈子《とうどうひなこ》
内藤《ないとう》 了《りよう》

角川ホラー文庫　20442

平成29年7月25日　初版発行
令和6年11月25日　14版発行

発行者――山下直久
発　行――株式会社KADOKAWA
〒102-8177　東京都千代田区富士見2-13-3
電話 0570-002-301（ナビダイヤル）
印刷所――株式会社KADOKAWA
製本所――株式会社KADOKAWA
装幀者――田島照久

●お問い合わせ
https://www.kadokawa.co.jp/（「お問い合わせ」へお進みください）
※内容によっては、お答えできない場合があります。
※サポートは日本国内のみとさせていただきます。
※Japanese text only

ISBN978-4-04-105265-5　C0193

角川文庫発刊に際して

角　川　源　義

第二次世界大戦の敗北は、軍事力の敗北であった以上に、私たちの若い文化力の敗退であった。私たちの文化が戦争に対して如何に無力であり、単なるあだ花に過ぎなかったかを、私たちは身を以て体験し痛感した。西洋近代文化の摂取にとって、明治以後八十年の歳月は決して短かすぎたとは言えない。にもかかわらず、近代文化の伝統を確立し、自由な批判と柔軟な良識に富む文化層として自らを形成することに私たちは失敗して来た。そしてこれは、各層への文化の普及滲透を任務とする出版人の責任でもあった。

一九四五年以来、私たちは再び振出しに戻り、第一歩から踏み出すことを余儀なくされた。これは大きな不幸ではあるが、反面、これまでの混沌・未熟・歪曲の中にあった我が国の文化に秩序と確たる基礎を齎らすためには絶好の機会でもある。角川書店は、このような祖国の文化的危機にあたり、微力をも顧みず再建の礎石たるべき抱負と決意とをもって出発したが、ここに創立以来の念願を果すべく角川文庫を発刊する。これまで刊行されたあらゆる全集叢書文庫類の長所と短所とを検討し、古今東西の不朽の典籍を、良心的編集のもとに、廉価に、そして書架にふさわしい美本として、多くのひとびとに提供しようとする。しかし私たちは徒らに百科全書的な知識のジレッタントを作ることを目的とせず、あくまで祖国の文化に秩序と再建への道を示し、この文庫を角川書店の栄ある事業として、今後永久に継続発展せしめ、学芸と教養との殿堂として大成せんことを期したい。多くの読書子の愛情ある忠言と支持とによって、この希望と抱負とを完遂せしめられんことを願う。

一九四九年五月三日

ONE
猟奇犯罪捜査班・藤堂比奈子

内藤 了

傷を負い行方不明の比奈子の運命は!?

比奈子の故郷・長野と東京都内で発見された複数の幼児の部分遺体は、神話等になぞらえて遺棄されていた。被虐待児童のカウンセリングを行う団体を探るなか深手を負った比奈子は、そのまま行方不明に。残された猟奇犯罪捜査班の面々は各地で起きた事件をつなぐ鍵を必死に捜す。そして比奈子への復讐心を燃やしている連続殺人鬼・都夜が自由の身となり向かった先は……。新しいタイプのヒロインが大活躍の警察小説、第6弾!

角川ホラー文庫

ISBN 978-4-04-104016-4